MARIUS

Max

Maike

Nils

Katii

Bastian

die Flüsterer

Nils Mama

Power Paula

Emi Eltern von den 3Ms

Leonie Fabian

D1664417

Dieses Buch gehört:

_____

In dieser Reihe bereits erschienen:

ISBN 978-3-8157-3734-7   ISBN 978-3-8157-3735-4   ISBN 978-3-8157-4093-4
(Band I)   (Band II)   (Band III)

5 4 3 2 1
ISBN 978-3-8157-4094-1
© 2008 Coppenrath Verlag GmbH & Co.KG, Münster

Annette Langen

Liebesviren in Kleeberg

Mit Illustrationen von
Betina Gotzen-Beek

COPPENRATH

1. Kapitel

Mehr über ein kleines Dorf namens Kleeberg, wer da so alles wohnt, weshalb es dort so viele Feste gibt und warum es den Kindern auch ohne Feste nie langweilig wird.

Hast du schon von einem kleinen Dorf namens Kleeberg gehört? Dann weißt du, dass es wirklich ein sehr kleines Dorf ist, das auf einem Hügel liegt. Von dort oben kann man, wenn es nicht gerade nebelig ist, den alten Dom und den hohen Fernsehturm der großen Stadt sehen. Auch von Weitem sieht man gleich, wie groß diese Stadt ist. Ganz anders ist es in Kleeberg! Denn dort gibt es nicht einmal ein Geschäft, nur eine Straße und ein paar Häuser. Aber trotzdem ist hier immer etwas los und es wird viel gefeiert. Manchmal wird sogar in Windeseile ein Fest organisiert, wie damals im September für Anne und Jürgen. Das sollte nämlich eine Überraschungsparty werden. Davon erzähle ich dir gleich noch mehr. Auch davon, wie in Emilias und Bastians Schule das Liebesvirus ausgebrochen ist ... Oh, ich habe dich gar nicht gefragt, ob du Emilia und Bastian und die anderen Kinder von Kleeberg überhaupt schon kennst!

Leonie wohnt zusammen mit ihren Eltern und ihrem kleinen Bruder Fabian, der gerade mal ein Jahr alt ist, in einem
alten Bauernhaus, das gleich an der Ecke der Straße steht.
Sie wird bald sechs und geht noch in den Kindergarten.
Fabian will am liebsten immer dahin, wo seine große
Schwester ist. Aber denk nicht, dass Leonie sich besonders
darüber freuen würde. O nein, denn Fabian krabbelt blitzschnell in Leonies Zimmer und schwupp – schon hat er die
Playmobil-Männchen umgekippt, die Leonie so schön auf-
gebaut hat. Oder er zieht sich an ihrer Kommode hoch und
reißt das Puzzle herunter, das daraufgelegen hat. Leonie
findet es sehr anstrengend, so einen kleinen Bruder zu
haben. Letztes Jahr Weihnachten hat sie ihrer Mama ihren
Wunschzettel diktiert und weißt du,
was als erster großer Wunsch da-
raufstand? „Liebes Christkind, ich
wünsche mir, dass du meinen
kleinen Bruder mit-
nimmst und ihn erst
wiederbringst, wenn
er nicht mehr alles

kaputt macht. Ich wünsche mir auch noch einen Bauernhof oder Reitstall zum Spielen, einen rosa Fahrradhelm und was dir sonst noch einfällt."

Onkel Kalli wohnt eine Etage über Leonies Familie in dem alten Bauernhaus. Er kümmert sich morgens und abends um die Tiere im Stall und wenn er gute Laune hat, dann dürfen die Kinder von Kleeberg in der Scheune auf den Strohballen herumklettern und -hüpfen. Kalli schimpft auch nicht, wenn die Jungs auf dem Misthaufen herumlaufen. Du merkst also schon, bei Kalli im Stall darf man Sachen, die die Eltern garantiert verboten hätten.

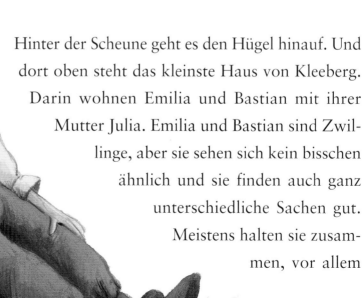

Hinter der Scheune geht es den Hügel hinauf. Und dort oben steht das kleinste Haus von Kleeberg. Darin wohnen Emilia und Bastian mit ihrer Mutter Julia. Emilia und Bastian sind Zwillinge, aber sie sehen sich kein bisschen ähnlich und sie finden auch ganz unterschiedliche Sachen gut. Meistens halten sie zusammen, vor allem dann, wenn ihre Mutter etwas von ihnen will. Aber Julia hält auch zu ihren Kindern, zum Beispiel letztens, als sie zu Karneval als „Lesewesen" verkleidet in die Schule kommen mussten ...

Emilia liebt Pferde, besonders ihr altes Pony Sternchen, und Hunde über alles. Aber eines Tages wird sie sogar zum Fußballstar und sie gründet eine eigene Bande! Ach, du musst ja auch noch wissen, dass Emilia und Bastian ins zweite Schuljahr gehen und acht Jahre alt sind.

Bastian fährt am liebsten mit seinem Kettcar über die einzige Straße von Kleeberg oder er spielt mit den anderen Jungs Fußball.

Zu Weihnachten hat er ein richtiges Fußballtor bekommen, das am Ende des Gartens steht. Und weil die Jungs dort so viel Fußball

spielen, ist vor dem Tor schon kein Gras mehr, sondern nur noch Matsch. Aber einen echten Torwart darf so etwas nicht stören, findet Bastian. Gleich hinter dem Gartentor beginnt der Wald und nachts hört man von dort die Käuzchen rufen und manchmal auch eine Eule.

Der Nachbargarten ist fast genauso groß und endet auch am Wald. Aber dort gibt es keine Baumbude und niemand spielt Fußball. Dafür tobt oft ein großer, zottiger Hund im Garten herum. Das ist Aika, die bei Oma und Opa Has wohnt. Oma Has behauptet oft: „Seitdem wir unsere Aika haben, lachen wir viel mehr als sonst." Dann nickt ihr Mann immer glücklich, krault Aika hinterm Ohr und sagt: „Du bist unser gutes Mädchen." Aika schmiegt sich an seine Hand und man merkt den dreien an, dass sie glücklich sind.

In einem Stall im Garten haben Oma und Opa Has tatsächlich viele Kaninchen! Dort steht auch ein alter Kirschbaum und im Sommer dürfen die Kinder von Kleeberg hinaufklettern und so viele Kirschen pflücken, wie sie mögen. Alle Kinder nennen die beiden alten Leute Oma und Opa Has, weil sie so nett sind – wie eine Oma und ein Opa.

Gegenüber auf der anderen Straßenseite stehen zwei Doppelhäuser. In dem einen Doppelhaus wohnen in der rechten Haushälfte Anne und Jürgen. Sie haben keine Kinder, aber dafür vier Katzen. Als die beiden im September in den Urlaub fahren, fragen sie Emilia, ob sie nicht ihre Katzen versorgen könne. Und nur so kommt es, dass die Zwillinge als Erste von einer großen Neuigkeit erfahren und wenig später alle Nachbarn sehr beschäftigt sind. Auch davon erzähle ich dir später.

Neben Anne und Jürgen, da wohnen die „drei Ms". Dazu

musst du wissen, dass die drei Ms Marinus, Malte und Max sind. Wenn ihre Mutter sie ruft, kommt sie manchmal mit den ganzen Ms etwas durcheinander. Das hört sich dann so an, als würde sie ein bisschen stottern. Am besten stelle ich dir die drei der Reihe nach vor.

Der Älteste ist Max. Er ist schon zwölf Jahre alt und heimlich in Pia aus seiner Klasse verliebt. Max ist ein bisschen schüchtern und oft fällt ihm nicht ein, was er sagen soll, wenn Pia in der Nähe ist. Es ist ja auch schwer, etwas zu sagen, wenn einem das Herz bis zum Hals klopft, findest du nicht? Aber auf Pias Geburtstagsparty, da kommt seine große Stunde und er wird zum Retter in der Not.

Nach Max kommt sein Bruder Malte, der ist neun Jahre alt und ganz das Gegenteil von Max. Ehe du dichs versiehst, kommt ihm eine verrückte Idee. Vor Kurzem hat er mit Bastian eine Räuberfalle gebaut. Das war ziemlich lustig. Marinus ist der Jüngste der drei Ms. Er ist sechs Jahre alt und gerade in die Schule gekommen. Süßes liebt er über alles und zu sehr ärgern darf man ihn nicht, sonst fängt er schnell an zu weinen. Und darüber ärgert er sich dann so sehr, dass er noch mehr weinen muss. Aber Marinus kann sich auch wehren. Dann passiert es schon mal, dass Marinus und Malte ein kleines Kämpfchen austragen.

Nebenan wohnt Familie Flüster. Das sind Herr und Frau Flüster, ein großer Sohn und eine große Tochter, die man jedoch nur sieht, wenn sie morgens zum Schulbus gehen. Die Flüsters haben eigentlich einen anderen Namen, aber so werden sie von allen in Kleeberg heimlich genannt, denn sie achten immer darauf, dass es im Dorf bloß nicht zu laut ist. Wenn vor ihrem Doppelhaus mal ein bisschen Krach gemacht wird, dann dauert es nicht lange und einer von ihnen beschwert sich. Aber als Kallis Scheune abgebrannt ist, da war Frau Flüster als Erste mit dem Feuerlöscher da. Du siehst, in der Not kann man doch mit den Flüsters rechnen. Nur auf Steinzeitmenschen sind sie nicht gut zu sprechen ... lies mal, was da im Sommer passiert ist!

In der Doppelhaushälfte gleich neben Familie Flüster wohnt der beste Freund von Max. Das ist Nils, der auch zwölf Jahre alt ist. Die Kinder von Kleeberg kommen immer gerne zu Nils, denn in seinem Haus leben viele erstaunliche Tiere. Unten im Flur steht die Stange von Papagei Otto und immer, wenn es klingelt oder Besuch kommt, schreit Otto: „Alarm, Alarm, mir wird ganz warm." Durch Haus und Garten tigert Robin Hood, ein roter Kater, der es einmal sogar mit einem Einbrecher aufgenommen hat. Im Garten wohnt das Hängebauchschwein Siegfried ... Also an Tieren mangelt es bei Nils nicht. Und im Frühjahr kommt noch ein Schaf ohne Namen hinzu. Weshalb die Kinder dann Nachtwache halten,

das erzähle ich dir noch. Vielleicht weißt du schon, dass die Oma von Nils sich um Tiere in Not kümmert. Deshalb ist sie viel mit ihrem roten Motorroller unterwegs. Nils Mutter ist auch oft nicht da, denn sie arbeitet in einer Tierarztpraxis.

In letzter Zeit ist Nils übrigens ziemlich mürrisch. Denn er hat mit seiner Freundin Jill Schluss gemacht. Aber trotzdem ist Nils nie ganz alleine, schließlich hat er Beethoven, seinen gefleckten Hund. Beethoven ist schon alt und viel hören kann er nicht mehr, aber er ist immer da, wo Nils ist.

Wie du siehst, wird es in Kleeberg garantiert nicht langweilig. Dafür sorgen schon die Kinder und auch die vielen Tiere. Nun kennst du zwar noch nicht alle Leute aus Kleeberg, denn es wohnen dort noch einige andere Erwachsene, aber die fahren morgens zur Arbeit, kommen abends wieder zurück, am Wochenende mähen sie ihren Rasen und man kann nicht viel Spannendes über sie berichten. Darum lassen wir sie hier einfach weg, ja?

2. Kapitel

Wieso Emilia zuerst keine Lust auf Karneval hat, Bastian streiken will, ihre Mutter scharf nachdenkt und die Karnevalsfeier in der Schule dann doch noch lustig wird.

Jedes Jahr merkt man genau, wenn es auf Karneval zugeht. Dann gibt es im Drogeriemarkt die verrücktesten Schminkstifte, Glitzerhaarspray, Luftschlangen, Konfetti in großen Beuteln, rote Gumminasen und kunterbunte Federboas. Auch bei Leonie im Kindergarten sieht man gleich, dass es Karnevalszeit ist. Die ganze Eingangshalle ist wie ein bunter Zirkus geschmückt. Von der Decke herab baumelt ein Papplöwe mit einer wilden Wollmähne, der durch einen Feuerreifen springt. An der Wand hängen riesige bunte Clowns, ein wunderschönes weißes Pferd, auf dem eine Zirkusprinzessin tanzt, und beim Hereinkommen erklingt schon lustige Karnevalsmusik. Also sollte man doch denken, dass sich jedes Kind auf Karneval freut, oder?

Aber da hast du dich geirrt! Emilia und Bastian sind nämlich überhaupt nicht begeistert. Als sie von der Schule nach Hause kommen, merkt ihre Mutter gleich, dass die beiden so richtig schlechte Laune haben. Emilia stapft ins Haus und knallt ihren Schultornister wortlos in die Ecke. Rums, da liegt er und Emilias Winterschuhe fliegen kurz darauf hinterher.

Bastian sieht seine Mutter entnervt an und seufzt tief.

„Sagt schon, was war denn los?", fragt Julia.

„Ich will niiiiiie wieder in diese blöde Schule!", ruft Emilia zornig und Bastian, der nickt dazu.

„So, so", sagt ihre Mutter und man sieht ihr an, dass sie blitzschnell überlegt, was in der Schule passiert sein könnte. „Kommt, jetzt setzen wir uns erst einmal hin und ihr erzählt es mir der Reihe nach", sagt sie und geht mit den beiden ins Wohnzimmer. Wütend zieht Emilia den Stuhl zurück, sodass er richtig über den Boden kratzt. Normalerweise hätte ihre Mutter bestimmt gesagt, dass das gar nicht gut für den Dielenboden ist, aber diesmal sagt sie nichts. Sie setzt sich auf ihren Platz und hört den Zwillingen genau zu.

Heute ging es um die Karnevalsfeier in der Schule. Dieses Jahr sollen alle Kinder nach einem bestimmten Motto verkleidet kommen. Und das Motto lautet „Lesewesen". Das passt auch ganz gut, weil die ganze Schule kurz vorher

eine Projektwoche zum Thema „Bücher und Lesen" hatte. Aber wie soll man „Lesewesen" toll finden, wenn man unbedingt als Reiterin und Torwart gehen will?

Emilia holt tief Luft: „Ich will zu Karneval nicht eine Figur aus Harry Potter und auch nicht Pippi Langstrumpf sein!", sagt sie entschieden. Bastian nickt. „Jim Knopf und die Wilde 13 sind prima, aber ich will nun mal als Torwart gehen! Und als sonst nichts!" Emilia verschränkt die Arme vor dem Bauch. „Genau, als sonst nichts!", wiederholt sie. Ihr Bruder stemmt die Hände in die Hüften. „Wir werden streiken, Emilia." Bastian ist plötzlich sehr stolz auf sich, denn er weiß schon, was ein Streik ist. Und nun ist wirklich die Zeit zum Streiken gekommen, findet er.

Die Mutter der Zwillinge nickt und muss sich das Lachen verkneifen. Aber sie weiß auch, dass es ihren Kindern ernst ist. Dann grübelt sie heftig hin und her. Welche anderen Lesewesen fallen ihr denn noch ein? Vor allem müssen es Lesewesen sein, deren Kostüm sie basteln oder nähen kann. Basteln und Nähen ist nämlich nicht gerade die Stärke von Emilias und Bastians Mutter, weißt du? Oje, denkt sie, das wird nicht einfach. Nun seufzt auch die Mutter der Zwillinge. Sie überlegt, wen sie kennt, der nähen und basteln kann. Viel Zeit ist ja nicht mehr bis zur Karnevalsfeier. Was sollen sie nur machen? Ratlos sehen sich die drei an.

Dann sagt die Mutter der Zwillinge: „Wisst ihr was? Jetzt essen wir erst mal die Apfelpfannkuchen, die die ganze Zeit schon im Backofen stehen, und nachher überlegen wir weiter." Und damit hat sie wirklich recht. Probier es doch auch mal aus! Du wirst sehen, nach einem Apfelpfannkuchen fühlt sich die Welt sofort ganz anders an.

Emilia schiebt sich gerade das letzte Stück in den Mund, da hat sie plötzlich eine Idee, die ist so gut, dass sie mit vollem Mund ruft: „Wasch wir brauchen, schind ein Pferdebuch und ein Fuschballbuch!"

Bastian blickt von seinem Teller auf. Seine Augen beginnen zu leuchten, denn er versteht sofort, was seine Zwillingsschwester vorhat. Ihre Mutter grinst bis über beide Ohren. „Super, das ist genial. Wir fahren heute Nachmittag in die Stadtbücherei und leihen uns die Bücher aus, die ihr für eure Verkleidung braucht!"

Am Nachmittag finden sie in der Stadtbücherei so viele Pferdebücher, dass Emilia die Auswahl schwerfällt. Dann entdeckt sie eines, in dem das Pferd Abendstern heißt, was ja fast so ähnlich wie Sternchen ist. Und das leiht sie aus. Schon auf dem Einband ist ein Mädchen in Reithosen, Reitweste und mit Reitkappe zu sehen. Genau so soll ihre Verkleidung sein. Besser geht's gar nicht, findet Emilia.

Auch Bastian ist fündig geworden. Es gibt tatsächlich eine ganze Buchreihe über ein Fußballteam und darin kommt natürlich ein Torwart vor. Zufrieden stupst er seine Schwester an, macht eine Faust und hält seinen Daumen in die Luft. Julia legt ihre Arme um die beiden und so schlendern sie sehr zufrieden mit den Büchern im Rucksack zum Parkplatz zurück.

Dann kommt der Tag der Karnevalsparty und morgens laufen eine Reiterin mit Reitkappe und ein Torwart in kompletter Montur aus dem Haus. Zur Sicherheit haben sie die Bücher mitgenommen, aber in der Schule herrscht so ein Trubel von Elfen, Indianern, Vampiren und Hexen, sogar einen dreiköpfigen Hund sieht man, dass die Lehrerinnen und Lehrer sowieso nur noch staunen können. Alle Kinder haben etwas Leckeres für das große Karnevalsbuffet in der Turnhalle dabei und als sie mittags nach Hause kommen, hat keines von ihnen mehr Hunger.

„Guckt mal, ich bin der weltbeste Torwart!", ruft Bastian und macht einen Hechtsprung auf das Sofa. Und willst du wissen, wo Emilia ist? Sie ist gleich in ihrer Reiterinnen-verkleidung zu Sternchen gelaufen, krault ihrem alten Pony die Mähne und in ihren Gedanken, da galoppiert sie mit ihm über die Wiese. Sternchen ist nämlich schon sehr alt und deshalb darf Emilia leider nicht mehr auf ihm reiten. Natürlich fahren die Kinder aus Kleeberg am Rosenmontag zum Karnevalsumzug in die große Stadt. Sie haben Beutel mitgenommen und sammeln eifrig die Bonbons auf. Leonie bekommt eins an den Kopf. Sie weint und weint und will gleich wieder nach Hause fahren. Aber Marinus denkt, wie gut es ist, dass er zumindest einmal im Jahr im Bonbonregen stehen kann.

Ja, so war das an Karneval in Kleeberg und ich bin wirklich froh, dass Emilia und Bastian so eine tolle Lösung gefunden haben. Du siehst, Bücher können einem schon gut weiterhelfen – und das nicht nur zu Karneval.

3. Kapitel

Wie das Liebesvirus in der Schule ausbricht, zahlreiche Liebesbriefe für Verwirrung sorgen und warum Nils in letzter Zeit so schlecht gelaunt ist und mit Jill Schluss gemacht hat.

Ehrlich gesagt, weiß ich auch nicht genau, wie es kam, dass das Liebesvirus an der Schule von Emilia, Bastian und Malte ausgebrochen ist. Es ist doch erst kurz nach Karneval und man sagt eigentlich, dass erst im Frühling die Liebe in der Luft liegt. Aber vielleicht hatten das die Schulkinder noch nicht gehört.

An einem Nachmittag sitzen Emilia, Bastian, Marinus, Malte und Leonie in Kallis Scheune auf den Strohballen und baumeln mit den Beinen. Nebenan im Stall ist Kalli damit beschäftigt, die Bullen zu füttern. Das hört man an dem raschelnden Heu, das er in die Futterraufen wirft.

Emilia streicht die Haare zurück und erklärt: „Wisst ihr schon das Neueste? Bei uns an der Schule ist das Liebesvirus ausgebrochen!" Leonie schaut sie erschrocken an. „Was ist denn ein Liebesvirus?", will sie wissen. „Wenn du bei uns in der Schule wärst, würdest du es schon merken!", ruft Bastian dazwischen. „Ganz einfach: Tom, David und Niklas sind in Lisann verliebt. Tom schreibt aber auch noch Liebesbriefe an Laura." Leonie schüttelt ungläubig den Kopf. Das kann sie sich ja gar nicht vorstellen.

Emilia springt vom Strohballen und stellt sich vor die anderen. „Genau, aber Lisann ist in den Marian aus der vierten Klasse verliebt", erklärt sie. Malte kichert und meint: „Wir sind von Verliebten umgeben, wenn nicht sogar umzingelt!"

Marinus schaut seinen Bruder fragend an: „Und das ist ansteckend, meinst du?" Marinus hat nämlich schon mal gehört, dass ein Virus ansteckend ist. Und jetzt weiß er nicht, was er davon halten soll.

Die drei Größeren brechen in Gelächter aus und als Leonie das sieht, lacht sie schnell mit. Obwohl auch sie nicht verstanden hat, ob dieses Liebesvirus nun gefährlich ist oder nicht. Marinus ist beleidigt. „Ihr seid doch alle blöd, so blöd!", ruft er und rennt, so schnell er kann, nach Hause. Da kommt Kalli in die Scheune und meint: „Entweder ihr übernachtet hier im Stroh oder ihr geht raus. Ich will nämlich jetzt absperren und Feierabend machen!"

Als Emilia, Bastian und Malte den Hügel hinauflaufen, fährt ein kleines schwarzes Auto an ihnen vorbei und jemand winkt heraus. Das ist niemand anders als Robert, der an diesem Wochenende zu Besuch kommt. Über Robert musst du wissen, dass er der Onkel von den drei Ms ist. Aber seitdem er der Mutter der Zwillinge geholfen hat das ausgebrochene Hängebauchschwein Siegfried einzufangen, kommt er immer öfter nach Kleeberg. Irgendwann verbrachte er mehr Zeit bei Julia und den Zwillingen als bei seinen Neffen. Und ahnst du auch warum? Robert hat sich in Julia verliebt.

Schon öffnet Julia die Haustür und umarmt Robert. Malte steht da, sieht die Erwachsenen und denkt: Dieses Liebesvirus muss ja sehr ansteckend sein. Und plötzlich kommt ihm eine Idee. Die ist so gut, dass er sofort in sein Zimmer läuft und zu Papier und Stiften greift.

Willst du wissen, was Malte macht? Er schreibt gefälschte
Liebesbriefe und davon gleich acht Stück. In allen steht
ungefähr das Gleiche:

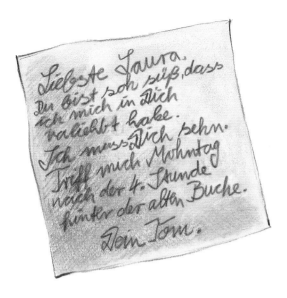

Falls du dich wunderst, warum Malte nicht mit seinem Namen unterschreibt, dann kann ich dir erklären, dass das zu seinem geheimen Plan gehört: Er schreibt acht Briefe an verschiedene Kinder und unterschreibt immer mit falschem Namen. Denn er will testen, ob sich das Liebesvirus weiter ausbreitet. Und genau das werden wir am Montagmorgen in der Schule sehen.

Aber zuerst muss Malte die Liebesbriefe in die Tornister, Jackentaschen oder auf das Pult schummeln und das ist gar nicht so einfach. Die Lehrerin der 3c erwischt ihn dabei und fragt ihn streng: „Was genau machst du da eigentlich?" Malte wird schon ein bisschen unbehaglich zumute. Aber dann sagt er lässig. „Wieso, das ist die Einladung zu mei-

28

ner Geburtstagsparty und das soll eine Überraschung sein.“
Malte ist ganz schön raffiniert und er hat die Lehrerin
schnell ausgetrickst, findest du nicht?

Vier Schulstunden können sehr lange sein, wenn man darauf wartet, dass die Schule endlich aus ist. Aber dann
schleichen sich acht Kinder auf verschiedenen Wegen zu
der alten Buche. Es sind fünf Jungs und drei Mädchen. Und
ich sage dir, sie sind alle sehr aufgeregt. Doch als sie nicht
ihren Verliebten, sondern eine Truppe von anderen Kindern am Baumstamm sehen, sind sie alle ziemlich durcheinander.

„Wie, was macht ihr denn hier?“ „Ich, wieso, ich bin hier
verabredet!“, rufen die Kinder durcheinander. Malte steht
hinter der Turnhalle und kichert sich ins Fäustchen. So gut
wie dieser Plan hat noch keiner geklappt! Aber dann bemerkt er, dass die Kinder seinem Trick langsam auf die
Schliche kommen. Sie vergleichen die Briefe und siehe da,
es ist ein und dieselbe Handschrift. In allen Briefen steht das
Gleiche. Und die gleichen Fehler sind auch darin.

„Das war bestimmt Malte!“, hört Malte einen wütenden
Ruf. Und bevor ihn die Truppe der Verliebten entdeckt,
macht er sich lieber schnell auf den Nachhauseweg.

Auf der einzigen Straße von Kleeberg kommt ihm Nils mit Beethoven entgegen. Man sieht gleich, dass Nils richtig schlechte Laune hat. „Wo ist dein Bruder?", fragt er kurz angebunden. Malte sagt, dass Max nach der Schule bei Pia zum Essen und Hausaufgabenmachen verabredet ist. Nils knurrt mürrisch: „Ach, lass mich bloß in Ruhe mit den Mädels." Und dann geht er die Straße hinunter zu Kallis Schlosserei. Kalli ist nämlich von Beruf Schlosser und bewirtschaftet den Bauernhof nur nebenbei.

Malte schaut Nils hinterher und murmelt leise:
„Also, ich glaube, bei Nils ist das Liebesvirus vorbei." Und damit hat er leider recht.

Etwas später sitzt Nils bei Kalli in der Schlosserei auf der Werkbank. Er erzählt, was noch niemand weiß: dass er mit Jill Schluss gemacht hat. „Stell dir vor, sie wollte mich jeden Tag sehen", berichtet Nils. „Das geht doch nicht, ich brauche doch auch mal Zeit für mich!" Kalli zieht kurz die Schutzbrille ab und nickt verständnisvoll. Dann schweißt er weiter. Als er damit fertig ist, richtet er sich auf, wischt die Hände an seiner Jeans ab und meint: „Sieh es mal so, Nils, Frauen sind ein Luxus und den kann sich keiner von uns beiden leisten. Glaub mir, ich weiß, wovon ich spreche." Nils nickt und mehr sagt er an diesem Abend nicht. Und auch in der nächsten Zeit sagt er nicht viel. Wie gut, dass er bei Kalli abends oft Trecker fahren kann, denn wenn man zwölf Jahre alt ist und auf einem Trecker sitzt, dann verschwindet auch der Liebeskummer etwas schneller.

Auch Emilias Freundin Lisann interessiert sich nach einer Weile wieder mehr für Pferde als für Jungs. Aber dafür kommt ein neues Virus nach Kleeberg und davon erzähle ich dir gleich mehr.

4. Kapitel
Wie es kommt, dass die Schule plötzlich schließen muss, halb Kleeberg krank im Bett liegt, die Zwillinge ihre Mama versorgen müssen und Robert ein Riesendurcheinander in der Küche anrichtet.

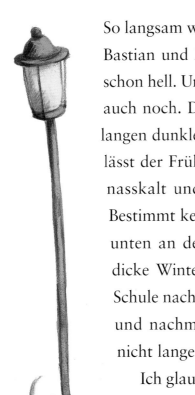

So langsam werden die Tage wieder länger. Wenn Emilia, Bastian und Malte morgens zum Schulbus gehen, ist es schon hell. Und wenn sie abends aus Kallis Stall kommen, auch noch. Das ist doch schon ein Fortschritt nach den langen dunklen Wintertagen, findest du nicht? Trotzdem lässt der Frühling auf sich warten, denn es ist so richtig nasskalt und ein eisiger Wind pfeift durch Kleeberg. Bestimmt kennst du diese Art von Kälte, die einem von unten an den Beinen hochzieht und die selbst durch dicke Winterjacken kriecht. Wenn die Kinder aus der Schule nach Hause kommen, haben sie eiskalte Wangen und nachmittags halten es selbst Malte und Bastian nicht lange draußen aus.

Ich glaube, dieses nasskalte Wetter ist schuld daran, dass plötzlich halb Kleeberg krank im Bett liegt.

Zuerst erwischt es Anne, die eine rote Schnupfnase hat und dann sogar eine Woche lang mit einer Grippe zu Hause bleiben muss. Als es Anne wieder besser geht, erwischt es Jürgen. Ein Haus weiter sind Herr Flüster und sein Sohn krank. Die Mutter von Nils hat sogar eine Lungenentzündung und Leonie muss mit Fieber im Bett bleiben. Aber damit nicht genug. An einem Dienstag bekommt die Mutter der Zwillinge einen wichtigen Anruf. Nein, es ist nicht ihr Chef aus der Zeitungsredaktion, der sie zu einer Besprechung rufen will. Am Telefon ist die Lehrerin der Zwillinge! Mit heiserer Stimme krächzt sie: „Von den sechs Lehrerinnen an unserer Schule sind nun vier krank und mir

geht es auch nicht gut. Könnten Sie bitte die Kinder nach der zweiten Stunde abholen?"

Hast du schon einmal gehört, dass eine Grundschule wegen lauter kranker Lehrer geschlossen werden muss? Bis zu diesem Dienstag hatte ich so etwas noch nie gehört.

Julia fährt sofort zur Schule und bringt auch gleich Malte mit. Seine Mutter war nämlich nicht zu Hause, weil sie mit Marinus zum Kinderarzt musste. Du siehst, halb Kleeberg und fast die ganze Schule hat es erwischt. Aber für Emilia, Bastian und Malte ist das Grund zur Freude, denn so haben sie keine Hausaufgaben auf. Zum Mittagessen gibt es Möhrensalat, denn da sind ganz viele Vitamine drin, sagt ihre Mutter. Und am Abend macht sie für die Zwillinge und für sich noch drei Tassen heiße Zitrone mit Honig.

Am nächsten Tag haben Bastian und Emilia wieder nur zwei Stunden Schule und als sie nach Hause kommen, sieht Julia sehr blass aus. Emilia legt ihre Hand auf die Stirn

ihrer Mutter. „Du bist ja ganz heiß!", stellt sie fest. Julia nickt. „Ich glaube, mich hat es nun auch erwischt", sagt sie kläglich. Und damit behält sie leider recht. Sie fährt noch zum Arzt, der verschreibt ihr Medikamente und dann legt sich die Mutter der Zwillinge schnell ins Bett.

„Wir pflegen dich gesund!", rufen Bastian und Emilia. Aber erst einmal müssen sie beratschlagen, wie das am besten geht. Die Zwillinge klettern in Bastians Dachbodenzimmer hinauf und machen einen Plan. Ihre Mutter muss viel schlafen, denn wie sagt ihre Oma immer: „Schlaf ist die beste Medizin." Also schleicht Emilia in Julias Zimmer und nimmt das schnurlose Telefon mit. Denn die kranke Mama soll nicht von Anrufen geweckt werden.

Am Nachmittag geht drei Mal das Telefon und Emilia schreibt genau auf, wer angerufen hat. Sie richtet jedes Mal aus, dass ihre Mutter krank ist und sich melden wird, wenn es ihr besser geht. Emilia ist ziemlich zufrieden und wichtig fühlt sie sich auch. Fast wie in einer richtigen Firma, denkt sie.

Bastian sieht sich in der Küche um. Was soll die kranke Mama denn nun zu essen bekommen? Da fällt ihm ein, dass er eine Nudelsuppe kochen kann. Eine Suppe ist bestimmt das Richtige, wenn man die Grippe hat. Bastian setzt Wasser in einem Topf auf, gibt Brühe hinzu und als das Wasser kocht, lässt er die kleinen Buchstabennudeln hineinrieseln. Er ist sich nicht ganz sicher, wie viele Nudeln es sein müssen. Das mache ich nach Gefühl, denkt Bastian. Nun braucht er noch Eierstich. Dazu schlägt er zwei Eier in einer kleinen Schüssel auf. Beim zweiten Ei geht es voll daneben und das glibberige Eiweiß von der Arbeitsplatte wegzuwischen ist ekelig, findet Bastian. Aber dann verquirlt er die Eier, gibt etwas Milch hinzu und überlegt. Wenn Mama Eierstich macht, kommt doch immer noch ein Gewürz hinzu. Es ist braun, wie heißt es bloß? Bastian sieht sich die braunen Gewürzdosen im Regal an. Curry, Ingwer, Muskatnuss, Piment, Nelken, Zimt liest er. Dann stoppt er und ruft: „Es ist Muskatnuss!" Nun verrührt er etwas Muskatnuss mit der Eiermasse und kippt sie danach in die dampfende Suppe.

Bastian rührt hin und wieder um und wie er so am Herd steht, den Duft von der Suppe riecht, ist er plötzlich sehr stolz auf sich. Da klingelt das Telefon. Es ist Robert, der Julia sprechen will. Als er hört, dass sie mit Grippe im Bett liegt, ruft er: „Keine Sorge, ich habe morgen früh noch

einen wichtigen Termin, aber danach mache ich mich sofort auf den Weg! Haltet durch und sagt Julia, ich nehme alles in die Hand." Schon hat er aufgelegt. Die Zwillinge sehen sich an: „Wieso, wir haben doch alles im Griff!", meint Bastian und Emilia zuckt die Schultern und sagt: „So sind sie halt, diese Verliebten!"

Am Abend löffelt ihre Mutter im Bett sitzend eine Schale mit der Suppe aus und lobt Bastian: „Das ist die beste Suppe, die ich je gegessen habe." Und als sie hört, dass Emilia alle Anrufe aufgeschrieben hat, meint sie: „Meine Güte, was habe ich doch für große und tüchtige Kinder."

Am nächsten Mittag steht auch noch ein großer und sehr besorgter Robert vor der Haustür. Er trägt eine Kiste, die nur so überquillt von Mandarinen, Kiwis, zwei Flaschen Orangensaft und vielen anderen gesunden Lebensmitteln. Robert begrüßt Emilia und Bastian und stürmt die Treppe hinauf zu seiner Julia.

Als er wieder herunterkommt, verkündet Robert den Zwillingen: „Ihr wart so tüchtig, jetzt übernehme ich alles!" Und schon stapft er mit der Kiste unterm Arm in die Küche. Dann ist Robert sehr beschäftigt, denn er will einen Obstsalat machen und eine Hühnersuppe kochen. Über Robert musst du jedoch wissen, dass er eigentlich nicht kochen kann. Obwohl das ja gar nicht so schwierig ist. Aber bei ihm gibt es nur Sachen, die schnell gehen, so etwas wie Pizza oder Lasagne aus der Tiefkühltruhe. Und wenn Besuch kommt, bestellt er einfach Essen beim Chinesen.

Jedenfalls wühlt Robert jetzt in der Küche herum, sucht ein Messer, dann eine Schüssel und als er alles hat, stellt er fest, dass ihm ein Schneidebrett fehlt. Irgendwie hat er beim Suchen alles aus den Schränken auf die Arbeitsplatte geräumt. Wo soll er jetzt das Obst schneiden? Ratlos fährt Robert sich durch die Haare. Er räumt wieder herum, aber nun passt das alles nicht mehr in die Schränke hinein. Also bleibt ihm nur eine winzig kleine Fläche und dort fängt er an die Apfelsinen in Stücke zu schneiden. Da passiert es. Robert schneidet nicht nur die Apfelsinen, sondern auch gleich noch seinen Zeigefinger. „Aua!", schreit er und steckt den blutenden Finger in den Mund.

Die Zwillinge müssen ihn mit einem Pflaster verarzten. Danach arbeitet Robert mit verbundenem Finger weiter. Jetzt ist es noch schwieriger. Als er einen Apfel schält, rutscht der ihm aus der Hand und kullert durch die Küche bis ins Wohnzimmer hinein. Emilia und Bastian prusten los. „Das gibt es doch gar nicht!", ruft Robert.

Aber das Beste kommt noch. Denn zum Schluss schält er eine Banane und bemerkt nicht, dass die Schale auf den Küchenboden gefallen ist. Als er dann einen Schritt zurück macht, rutscht er plötzlich auf der Bananenschale aus. „Aaaa-h!", schreit Robert und ehe er sichs versieht, stürzt er auf den Küchenboden und schlägt mit dem Kopf an den Herd. So fest, dass der arme Robert im Nu eine dicke Beule bekommt.

Emilia läuft zum Kühlschrank und holt das Kühlkissen aus dem Eisfach. Sie hält es Robert auf die Beule und sagt kopfschüttelnd: „Wenn du so weitermachst, wird das noch lebensgefährlich!" Da nickt Robert zerknirscht.

Der kranken Mama hat der Obstsalat aber trotzdem gut geschmeckt. Sie blickt auf Roberts verbundenen Finger, streicht leicht über seine Beule und meint: „Vielleicht sollte Bastian besser kochen?" Und genau so machen sie es dann auch.

Ja, so war das, als halb Kleeberg krank im Bett lag und die Schule schließen musste. Und man sieht mal wieder, dass wir Erwachsenen viel von euch Kindern lernen können.

5. Kapitel

Wie es kommt, dass Emilia auf einmal Fußballstar wird, Malte sprachlos und auch ein bisschen neidisch ist, ein Pokal überreicht wird und die ganze Fußballmannschaft feiert.

Du glaubst gar nicht, was passiert ist, als endlich der Frühling in der Luft lag. Und vor allem Emilia ahnte überhaupt nicht, was ihr an diesem einen Samstag im März bevorstand.

Als Bastian und Emilia morgens aus dem Haus kommen, scheint eine schüchterne Märzsonne auf die Straße und die Vögel zwitschern. Emilia hat schon ihre neuen Halbschuhe an und die findet sie so wunderschön, dass sie einen weiten Bogen um jede Pfütze macht. „Man merkt gleich, dass der Winter ausgespielt hat", sagt sie wichtig und blinzelt in die Sonne. Bastian nickt zustimmend. Sie laufen auf die andere

Straßenseite zu den drei Ms und rufen: „Kommt ihr raus? Dann treffen wir uns gleich bei uns im Garten!"

Die Kinder von Kleeberg treffen sich meistens im Garten von Bastian und Emilia. Denn da kann man einfach am allermeisten machen. Es gibt auch nicht so viele Beete mit Blumen, auf die man achtgeben muss, aber dafür eine große Wiese und einen Schuppen, in dem man herrlich spielen kann.

Emilia hat sich erst letztens mit ihrer besten Freundin Lisann darin einen kleinen Pferdestall eingerichtet. Sie haben sich sogar echtes Stroh von Kalli geholt, ein alter Eimer war der Trog und mal war Emilia das Pony und mal Lisann. Auch Mama hat den Stall besucht und den Ponys zwei Möhren mitgebracht.

Aber das, wovon ich dir erzählen will, steht am Ende des Gartens und es ist Bastians Fußballtor! Du kannst dir bestimmt denken, dass die Jungs dort oft spielen. Sogar Nils und Max sind meistens dabei und an den Wochenenden spielt auch schon mal Robert oder die Mutter der Zwillinge mit. Über Julia muss ich dir verraten, dass sie auf dem Fußballfeld manchmal ganz schön gefährlich wird. Nicht unbedingt mit Absicht, aber als sie letztens den Ball hatte und aufs Tor zurannte, hat sie mit dem Fuß ausgeholt und nicht den Ball, sondern Bastians Schienbein getroffen. Das war natürlich ein Versehen und später ein dicker blauer Fleck. Ein anderes Mal hat sie Marinus umgerannt. Deshalb hat sie jetzt Platzverweis, wie Robert sagt.

Emilia kann die ganze Aufregung um das Fußballspielen nicht verstehen. Hin und wieder macht sie mal mit, schießt ein oder zwei Tore und dann sagt sie, dass sie jetzt wieder in den Stall geht oder ein neues Buch lesen will.

Nun kommen wir aber zurück zu diesem einen Samstag im März: Am Nachmittag packen Bastian und Malte ihre Fußballtaschen. Kurz vor vier fährt die Mutter der Zwillinge die beiden Jungs zum Fußballplatz. Emilia kommt auch mit, denn sie hat keine Lust, alleine zu Hause zu bleiben.

Im Auto reden die Jungs viel durcheinander, denn sie sind richtig aufgeregt. Heute gibt es ein Pokalspiel gegen die Fußballmannschaft von Rot-Weiß-Stadtfelden. „Mach dich darauf gefasst, dass ich denen mindestens ein Tor, wenn nicht sogar zwei Tore reinballere", sagt Malte angeberisch. Bastian nickt: „Der rot-weiße Torwart wird sich wünschen, dass er mich nie gesehen hätte!" So prahlen die Jungs. Solche Angeber, denkt Emilia.

Wenig später hält die Mutter der Zwillinge am Fußball-platz an. Aber warum steht da der Trainer von Bastian und Malte? Und weshalb winkt er ihnen so aufgeregt? Stell dir vor, es gibt ein Problem! In der Mannschaft von Talholz 03, in der Bastian und Malte spielen, fehlt ein Spieler und ohne den können sie nicht gegen die Mannschaft von Rot-Weiß-Stadtfelden antreten. Und das ausgerechnet heute bei so einem wichtigen Spiel!

Der Trainer fährt sich ratlos durch die Haare, da fällt sein Blick auf Emilia. „Du bist doch so alt wie dein Bruder?", fragt er und plötzlich sieht er ganz hoffnungsvoll aus.

Emilia nickt, aber sie weiß gar nicht, was diese Frage soll. Doch Bastian ahnt sofort, worum es geht. „Bitte, Emilia, spiel mit!", fleht er. Emilia schüttelt den Kopf. Sie will nicht gegen Rot-Weiß-Stadtfelden spielen. Bastian und Malte bit-ten und betteln und da sagt auch Mama: „Emilia, du könn-test doch mitmachen, nur dieses eine Mal."

So kommt es, dass Emilia wenig später im Trikot von Tal-holz 03 aus der Umkleidekabine läuft. Zwischen den ande-ren Jungs rennt sie auf den Fußballplatz. Das Spielfeld sieht auf einmal riesig groß aus. Die Tore scheinen meilenweit voneinander entfernt zu sein und die rot-weiße Mannschaft

baut sich wie eine Wand vor ihnen auf. Oje, oje, das kann ja lustig werden, denkt Emilia. Aber Umdrehen und Kneifen gehen jetzt natürlich nicht mehr.

Schon pfeift der Schiedsrichter das Spiel an. Der Ball wird quer über das Feld geschossen. Dann bekommt ihn Bastian und schießt ihn zu Emilia. Die sieht eine Lücke und rennt mit dem Ball Richtung Tor. Zwei Spieler der rot-weißen Mannschaft sind ihr auf den Fersen. Aber sie sind nicht so flink wie Emilia. Emilia holt aus und Tooooor! Auf den Rängen schreien die Zuschauer es auch: „Toooor! Tooor!" Emilia hat das erste Tor geschossen!

Es gibt ein hochspannendes Spiel. Die Rot-Weißen schießen ein Gegentor. Dann gelingt es Bastian mit einem besonders scharfen Schuss, den Ball wie eine Kanonenkugel ins gegnerische Tor zu knallen. Der rot-weiße Torwart kann nur noch in Deckung gehen. Ich sage dir, von nun an liefern sich die Rot-Weißen und Talholz 03 ein wildes Spiel. Doch gegen die Zwillinge haben sie keine Chance. Es sieht wirklich so aus, als wüsste Emilia immer genau, was Bastian vorhat, denn sie ist jedes Mal zur rechten Zeit zur Stelle. Und Bastian ahnt anscheinend, wohin seine Schwester rennen wird, und passt ihr die besten Bälle zu.

So kommt es, dass es beim Abpfiff acht zu fünf für Talholz 03 steht. Die Mutter der Zwillinge sitzt auf der Tribüne

und klatscht, bis ihr die Hände wehtun. Sie trampelt mit den Füßen und ruft: „Bravo, Bravo!" So begeistert ist sie. Und auch die anderen Eltern jubeln. Nur Malte steht da und merkt, dass er ein bisschen neidisch ist. Irgendwie hat Emilia mir glatt die Show gestohlen, denkt er. Aber schließlich schüttelt er den Kopf, immerhin hat Talholz 03 gewonnen und nur das zählt!

Dann wird es richtig feierlich, denn die Mannschaft von Talholz 03 bekommt den Pokal überreicht.

Emilia soll ihn entgegennehmen. Ihr Herz klopft sehr schnell, als sie nach vorne tritt. Der Pokal ist schwer und glänzt im Sonnenlicht. Emilia hält ihn mit beiden Händen. Dann reicht sie ihn an Bastian weiter und so macht der Pokal bei allen Spielern von Talholz 03 die Runde. Malte reicht ihn zum Schluss wieder Emilia und die trägt ihn vorsichtig in die Umkleide.

Anschließend gibt es noch eine Fußballerfeier im Vereinshaus, mit Limo, Chips und Hotdogs in rauen Mengen. Das ist zwar alles nicht besonders gesund, wie Maltes Mutter bestimmt sagen wird, aber zur Feier des Pokalsiegs ist es gerade richtig. Der Fußballtrainer klopft Emilia immer wieder auf die Schulter und meint, dass sie ein wahres Naturtalent ist. Er möchte, dass sie in seine Mannschaft kommt. Aber Emilia schüttelt den Kopf und sagt lächelnd: „Geht nicht, ich werde woanders gebraucht." Und du weißt bestimmt, was sie meint, oder? Sie meint den kleinen Offenstall auf der Weide, die am Waldrand liegt. Und wenn ich mal dort vorbeikomme und sehe, wie Emilia ihr altes Pony striegelt oder einfach an es gelehnt dasteht und ihm die Mähne krault, dann weiß ich, dass sie damit recht hat.

6. Kapitel

Wieso Nils' Oma plötzlich mit einem Schaf ankommt, Familie Flüster mal wieder von Ruhestörung spricht, es Nachwuchs bei Kalli auf der Ponyweide gibt und drei Kinder Nachtwache im Stall halten.

Im Mai ist es in Kleeberg immer besonders schön. Vom Haus der Zwillinge blickt man auf den Wald und alle Bäume haben so saftige, leuchtend grüne Blätter, dass man am liebsten reinbeißen würde, wie Bastian sagt. Die Ponyweide ist gelb gesprenkelt, denn dort wachsen Millionen von dicken gelben Löwenzahnblüten. Immer, wenn Emilia von Sternchen nach Hause kommt, bringt sie ihrer Mama einen dicken Strauß mit. Den stellt Julia in einem großen Wasserglas auf den Esstisch. Aber leider halten sich die Löwenzahnblumen dort nicht lange.

„Am schönsten sind sie auf der Wiese", sagt Emilia und ihre Mutter nickt. „Besonders, wenn die Sonne daraufscheint." Ja, die Sonne scheint jetzt oft und die Kinder von Kleeberg verbringen die Nachmittage am liebsten draußen. An einem Nachmittag staunen sie nicht schlecht, denn ‚Power Paula‘, die Oma von Nils, saust nicht auf ihrem roten Motorroller den Hügel hinunter und auf der anderen Seite wieder hinauf. Oh nein, diesmal fährt sie mit einem Auto und hinter dem Auto ist ein kleiner Anhänger. Kaum hat sie angehalten, ist sie auch schon von Emilia, Leonie, Bastian, Malte und Marinus umringt. Selbst Max und Nils kommen aus dem Haus gelaufen.

„Paula, was für einen Notfall hast du denn jetzt wieder mitgebracht?", fragt Nils. Man merkt gleich, dass er seine Oma ziemlich genau kennt. Power Paula ist mal wieder im Einsatz und hat aber keine Zeit für lange Erklärungen. „Macht bitte mal das Tor von Siegfrieds Auslauf auf", sagt sie und öffnet die Verladeklappe des Hängers. Sie streckt ihre Hand in den Hänger und lockt mit weicher Stimme: „Na, komm, na komm schon."

Die Kinder beugen sich neugierig vor. Welches Tier da wohl herauskommt? Aber es ist keins zu sehen. Emilia ahnt auch gleich, warum. „Es hat sicher Angst vor uns allen!", sagt sie und die Kinder machen einen großen Schritt vom Hänger weg. Nils' Oma nickt. „Ja, da hast du recht, Emilia. Sie hat viel mitgemacht." Und plötzlich klappern Hufe auf dem Boden des Anhängers und heraus springt eine braun-beige gemusterte Ziege.

„Oh, eine Ziege!", ruft Leonie und meckert gleich wie eine. Doch Nils' Oma schüttelt den Kopf: „Nein, nein, das hier ist ein Kamerunschaf. Die haben so kurzes Fell wie Rehe und scheren muss man sie auch nicht." Das Kamerunschaf blickt um sich und ehe jemand etwas sagen kann, blökt es laut. Bastian murmelt: „Da stehen ja alle Knochen raus, nur der Bauch ist so rund." Und Emilia schaut auf die Hufe und stellt fest: „Meine Güte, die sind ja ganz verwachsen." Nils' Oma nickt. „Das habt ihr genau richtig gesehen. Viel hätte nicht gefehlt, dann wäre es verhungert." Und dann führt sie das Schaf zu dem kleinen Auslauf hinter dem Haus, wo es zuerst misstrauisch Siegfried betrachtet. Auch dem Hängebauchschwein ist der neue Mitbewohner nicht ganz geheuer.

Emilia und Leonie laufen zum Bauernhof und holen Heu. Nils kommt mit einer Möhre aus der Küche zurück, die das Schaf gleich aus seiner Hand frisst.

Beethoven will von dem Schaf nichts wissen, er hechelt und legt sich lieber in den Schatten. Aber die Kinder sind begeistert. Ein echtes Schaf, das ist doch mal etwas Neues in Klee-

berg! Und zutraulich wird es langsam auch. Wenn es jemanden von Nils' Familie oder eines der Kinder sieht, beginnt es vor Freude zu blöken.

Aber ... es blökt nicht nur an diesem Nachmittag, nein, am Abend und früh am nächsten Morgen, als Nils' Mutter die Zeitung hereinholt, da blökt es auch. Und wenn du schon mal ein Schaf gehört hast, dann weißt du, dass dieses Blöken ziemlich laut ist.

Deshalb dauert es nicht lange, bis Herr Flüster an der Haustür von Nils schellt. Er erklärt, dass dieses Schaf eine Ruhestörung sei und dass der Bebauungsplan sicherlich nicht die Schafhaltung im Garten von Doppelhäusern vorsehe. „Ich erwarte, dass umgehend Abhilfe geschaffen wird", verlangt Herr Flüster und sieht sehr entschlossen aus. Ja, das hat er gesagt: ‚Abhilfe schaffen', ich habe es selbst gehört. Manche Erwachsene reden so umständlich, wenn sie sagen wollen, dass etwas sofort aufhören soll.

Aber wohin nun mit dem Schaf? Es hat noch nicht einmal einen Namen bekommen und schon soll es wieder weg? Als die Kinder von Kleeberg davon erfahren, sind sie ganz aufgebracht. Aber zum Glück erzählt Leonie es ihrer Mutter und die meint: „Das Schaf kann doch mit den Ponys auf

die Weide. Das frisst uns schon nicht die Haare vom Kopf."
So kommt es, dass Schaf umzieht. Denn von diesem Tag an
wird es von allen so genannt: einfach nur ‚Schaf'. Mit hoch
erhobenem Kopf spaziert Schaf auf die Weide und die
Ponys strecken die Köpfe vor und beschnuppern es vorsichtig. Schaf scheint das nicht zu stören, es frisst und liegt
in der Sonne und meldet jeden Spaziergänger, der an der
Weide vorbeikommt, mit lautem Blöken. Und wenn du
mich fragst, dieses Blöken hört man bestimmt auch bis zum
Haus der Familie Flüster.

Ein paar Tage später kommt der Tierarzt und richtet die
Hufe von Schaf, so gut es eben geht. Er streicht über den
runden Bauch und meint: „Noch ein oder zwei Wochen,
dann wird sie werfen." Emilia traut ihren Ohren nicht.
„Heißt das, Schaf bekommt Junge?", fragt sie gespannt.
Der Tierarzt lacht. „Genau das heißt es", sagt er, klappt seinen Arztkoffer zu und fährt wieder davon.

Leonie ist mehr als begeistert. Ein kleines Lämmchen auf
ihrer Weide, wie süß! Sie sucht schon den allerschönsten
Namen: „Lissy, nein, doch lieber Bella oder wenn's ein
Junge wird, dann Bambi oder ... " Da runzelt Nils seine
Stirn und meint: „Such mal lieber gleich zwei Namen, so

dick wie Schafs Bauch ist, erwartet sie bestimmt Zwillinge."
Und stell dir vor, damit liegt Nils genau richtig.

Als die Kinder eines Morgens zur Schule gehen, liegt noch
etwas Morgennebel über der Ponyweide. Und da steht
Schaf, sie blökt laut und hat ein beiges und ein braunes
Lämmchen neben sich. Winzig klein sehen die beiden aus.
Die Kinder von Kleeberg wären am liebsten gleich hinge-
laufen. Aber dann hätten sie den Schulbus verpasst. Kannst
du dir vorstellen, wie schwer es ihnen fällt, zur Schule zu
gehen, wo zwei neugeborene Lämmchen auf der Weide
sind?

Als sie endlich mittags nach Hause kommen, stehen Nils'
Oma und Leonies Mutter bei Schaf und sehen die Lämm-

chen besorgt an. Emilia merkt gleich, dass etwas nicht stimmt. „Was ist denn los?", fragt sie. Da erzählt die Oma von Nils, dass Schaf die beiden Kleinen nicht trinken lässt. So etwas kommt schon mal vor. Aber die Lämmchen brauchen natürlich Milch, sonst würden sie verhungern. Der Tierarzt hat gesagt, sie müssen Schaf in eine kleine Box im Stall bringen und dort die Lämmchen alle zwei Stunden ans Euter halten, damit sie trinken können. Nach zwei oder drei Tagen ließen dann die Mutterschafe ihre Kinder meistens von selbst trinken.

Also lockt Nils' Oma Schaf heran, aber es will gar nicht in den Stall hinein. Es dauert ganz schön lange, bis Schaf endlich mit ihren Jungen in der Box ist. Die Oma von Nils hält

Schaf fest und Emilia darf das erste Lämmchen an das Euter halten. Erst weiß es nicht, was es dort soll, aber dann riecht es die Milch, stößt mit dem Kopf ans Euter und schon schnappt es mit dem kleinen Maul danach. Gierig beginnt es zu trinken. Es scheint ihm so gut zu schmecken, dass es sogar die Augen schließt.

Nils hält das braune Lämmchen an die andere Seite des Euters und es fängt auch an zu trinken. Eine dünne Milchspur läuft ihm am schwarzen Mäulchen herab.

Dann sind die beiden Lämmchen müde und legen sich ins Stroh.

„Das hat doch gut geklappt. Wir lassen die drei jetzt mal in Ruhe", sagt Nils' Oma und leise gehen sie aus dem Stall. Emilia muss blinzeln, als sie wieder in die helle Sonne kommen. Nils' Oma schaut auf die Uhr und sagt, dass sie sich um 16 Uhr wieder am Stall treffen sollen und dann alle zwei Stunden, bis zum nächsten Tag. Bastian überlegt und fragt schnell: „Heißt das, dass wir das auch während der Nacht machen?" Nils' Oma nickt und Emilia ruft: „Ich melde mich zur Stallwache und bringe meinen Schlafsack mit!" „Ich bin auch dabei", erklärt Nils und Bastian sagt: „Auf mich könnt ihr natürlich auch zählen."

Es ist ein Glück, dass die Lämmchen an einem Freitag geboren wurden, denn sonst hätten die Kinder bestimmt nicht nachts Wache halten dürfen. Als ich abends am Stall vorbeikam, hatten sich die drei ein Lager aus Strohballen gebaut, darauf lagen die Schlafsäcke und – ganz wichtig – daneben stand ein Wecker. Immerhin mussten sie ja alle zwei Stunden in der Nacht aufstehen. Emilia und Bastian hatten ihre Taschenlampen, eine Dose mit Apfelstücken und etwas Knabberzeugs mitgebracht, Nils seinen MP3-Player, und es sah ziemlich gemütlich aus.

Aber so eine Nacht wird schon lang, wenn man alle zwei Stunden aufstehen muss, das sage ich dir. Am nächsten Morgen geht es den Lämmchen gut, aber die drei Kinder stapfen müde mit ihren Schlafsäcken unterm Arm nach Haus. Die Tagesschicht übernehmen Power Paula, Malte, Marinus und Max. Und stell dir vor, am Samstagabend lässt Schaf ihre Jungen ohne fremde Hilfe bei sich trinken. Nils' Oma und die Kinder atmen erleichtert auf. Sie loben Schaf und sagen ihr, dass sie eine gute Mama ist.

Leonie hat lange überlegt und dann fragt sie: „Kann das braune Lämmchen bitte Bambi und das beige Bella heißen?"

Nils schüttelt den Kopf. Wenn das nicht Kitsch pur ist. Aber seine Oma nickt und dann sehen alle zu, wie Schaf, Bambi und Bella in der Abendsonne auf die Weide laufen. Und Emilia ist so glücklich und weiß, dass sie immer in Kleeberg wohnen bleiben will.

7. Kapitel

Weshalb Max zuerst nicht zu Pias Geburtstasgfeier gehen will, dann plötzlich seine große Stunde naht, sogar ein Bademeister schwer beeindruckt ist und wie Max am Ende zu einer Verabredung kommt.

Ich sage dir, für Max ist es gar nicht so einfach, zwölf Jahre alt zu sein. Neuerdings macht seine Stimme, was sie will. Wenn er etwas sagt, kann es ihm passieren, dass er plötzlich so hoch spricht wie Leonie oder dass er fast so krächzt wie Papagei Otto. Der arme Max wird dann immer feuerrot. Es ist ja auch peinlich, wenn er vorher nie weiß, wie seine Stimme klingen wird, findest du nicht? Wenn du dich jetzt wunderst, wieso Max' Stimme macht, was sie will, dann kann ich dir verraten, dass Max in den Stimmbruch gekommen ist. So nennt man das, wenn Jungs nach und nach eine tiefe Männerstimme bekommen.

Eigentlich sollte das ja bereits ausreichen, aber Max bekommt auf einmal noch ein anderes Problem. Sein Zahnarzt hat gesagt, dass er eine feste Zahnspange tragen muss! Max findet das ganz schrecklich. „Eine Brille habe ich schon und jetzt auch noch eine Klammer! Damit bin ich dann endgültig abgeschrieben!", stöhnt er verzweifelt. Seine Mutter schüttelt den Kopf: „Max, das ist doch Quatsch!" Aber er will ihr nicht glauben.

Eine Woche später bekommt Max seine Zahnspange. Er sieht sich im Spiegel an und grinst vorsichtig. Er findet, das Metallgestell auf seinen Zähnen sieht einfach nur schrecklich aus. Schnell macht er den Mund wieder zu. Am liebsten würde er nie wieder zur Schule gehen. Er mag gar nicht daran denken, welche Kommentare er morgen zu hören bekommen wird.

Darum kommt er am nächsten Tag als Letzter ins Klassenzimmer. Ohne „Hallo!" zu sagen, sinkt er so unauffällig, wie es geht, auf seinen Platz. Schon stupst ihn sein Nachbar Leon an und meint: „Was hat dir denn die Sprache verschlagen?" Max merkt, dass er wütend wird und zugleich am liebsten unsichtbar wäre. Stumm beugt er sich zu seiner Schultasche herunter. Auf einmal sieht er zwei Füße neben seinem Tisch stehen und hört, wie Pias Stimme sagt:

„Hier, das ist für dich." Sie reicht ihm einen Briefumschlag. Max ist so verdutzt, dass er Pia mit offenem Mund anstarrt. Pia lächelt ihn an und meint: „Cool, du trägst ja eine Klammer wie Tom Cruise ..." Doch weiter kommt sie nicht, denn ihr Mathelehrer ruft: „Alle auf eure Plätze! Jetzt geht's an die gestrigen Hausaufgaben."

Max' Herz schlägt so schnell, dass er den Pulsschlag bis in die Ohren hört. Unter dem Tisch öffnet er leise den Brief und liest, was darin steht. „Einladung zur Geburtstagsparty am 16. Mai um 15 Uhr im Spaßbad Aquadom. Ich freue

mich auf dich. Pia." Als Max das liest, wird er rot. Meine Güte, denkt er, Pia lädt mich zu ihrem Geburtstag ein und sie freut sich auf mich. Ob das etwas zu bedeuten hat? Er muss mal Nils fragen. Oder doch besser nicht, denn Nils sagt bestimmt nur: „Los, Alter, die will was von dir!"

Aber nun fällt Max ein, dass Pia die Einladung geschrieben hat, bevor sie wusste, dass er eine Zahnspange hat. Vielleicht ändert das alles? Was soll er ihr nun sagen? Und vor allem, wie klingt seine Stimme dann? Obwohl – Max überlegt ... schwimmen ist seine Stärke. Er ist seit vielen Jahren im DLRG, das ist die Abkürzung für die Deutsche Lebensrettungsgesellschaft. Dort trainiert Max jeden Dienstag- und Freitagabend für seinen Lebensrettungsschein. Die Theorie hat er schon bestanden und die Aufgaben im Wasser schafft er auch, das weiß er genau.

Plötzlich wird Max aus seinen Gedanken gerissen. Die Hand seines Mathelehrers klopft mehrfach auf sein Pult. Er schreckt zusammen und hört, wie sein Lehrer sagt: „Die Ergebnisse für Aufgabe vier zeigt uns Max jetzt an der Tafel." Ein Glück nur, dass er in Mathe den Durchblick hat, wie Nils immer sagt, sonst hätte das wirklich peinlich werden können.

In der großen Pause schlendert Max auf dem Schulhof betont lässig zu Pia, die dort mit ihren Freundinnen steht. „Hey, danke für die Einladung", sagt Max ohne Krächzen und ohne hohes Stimmchen. „Ja, ich komme zu deiner Geburtstagsparty!" Pia nickt und lächelt ihn an, Max nickt auch und dreht sich schnell um.

Die nächsten Tage überlegt Max hin und her, was er Pia schenken könnte. Da entdeckt er in der Stadt in einem Geschenkladen ein Paar Ohrringe. Und als er die sieht, weiß er sofort, dass sie das Richtige für Pia sind, und bezahlbar sind sie Gott sei Dank auch. Wenig später kommt er mit einem kleinen Päckchen aus dem Laden. Am Schaufenster drücken sich drei Mädchen die Nasen platt. Max sieht, dass zwei von ihnen auch eine Zahnspange tragen. Vielleicht hat Pia ja recht und eine Klammer ist wirklich cool.

Du siehst, es ist ziemlich aufregend, zwölf Jahre alt zu sein, und zum Glück ist manches nicht so schrecklich, wie es anfangs aussieht.

Am 16. Mai ist Max schon beim Frühstück so aufgeregt und bis zum Mittagessen wird es noch schlimmer, sodass er kaum etwas essen kann. Seine Mutter fragt besorgt: „Du wirst doch nicht krank, Max, oder?" Malte verdreht die

Augen und singt: „Liebeskrank, das nennt man liebeskrank!", worauf Max sich auf ihn stürzt und es ein kleines Kämpfchen vor und unter dem Esstisch gibt.

Aber irgendwann ist es endlich so weit und Max' Vater fährt ihn zum Hallenbad. Max hat vorher bestimmt zehnmal seine Badetasche kontrolliert, dass er auch ja seine Badehose nicht vergessen hat, und jetzt sitzt er stumm neben seinem Vater im Auto. Auf dem Parkplatz sagt Max mit heiserer Stimme: „Tschüss, Papa." Sein Vater schaut ihn aufmunternd an. „Viel Spaß, Max!" Max steckt eine Hand in seine Jackentasche und umfasst das kleine Päckchen darin, er schnappt sich seine Schwimmtasche und geht zum Eingang des Hallenbades.

Dort steht auch schon Pia und lächelt ihn an. Max wünscht ihr mit krächzender Stimme alles Gute zum Geburtstag, überreicht ihr das Geschenk und wird rot. Darüber ärgert sich Max so sehr, dass er noch röter wird, aber ändern kann er daran nichts. Pia packt ihr Geschenk sofort aus. „Die sind aber wunderschön!", ruft sie strahlend. „Vielen Dank, Max." Max nickt nur, sagen kann er jetzt nichts. Nach und nach kommen die anderen Gäste und endlich geht's ins Bad.

Pias Eltern haben ein kleines Picknick vorbereitet, aber erst einmal springen alle ins Wasser. Leon und einige andere Jungs aus ihrer Klasse und drei von Pias Freundinnen rennen gleich zu der langen Röhrenrutsche. Sie schubsen sich und drängeln, die Mädchen quietschen. Max hört, wie sie die Treppen hinauflaufen. Warum machst du da nicht mit?, denkt er. Du sitzt hier wie ein Spielverderber. Ehrlich gesagt, wenn du Max im Hallenbad gesehen hättest, hättest du das vielleicht auch gedacht. Er sitzt am Auffangbecken unter der Rutsche und schaut sich um. Schon platschen die Ersten ins Wasser, schwimmen an den Beckenrand und laufen wieder die Treppe hoch. Durch die Röhre der Rutsche hört Max ein Johlen: „Achtung, jetzt komm ich!" Das kann nur Leon sein, denkt Max, Leon der Supercoole!

Max sieht nicht, dass Leon rückwärts auf den Knien rutscht, um möglichst schnell zu sein. Er saust nur so durch die Kurven, wird immer schneller und schneller und als er am Ende der Rutsche angelangt ist, passiert es! Leon schlägt mit dem Kopf darauf und sinkt unter Wasser. Niemand sieht, was geschehen ist. Der Bademeister ist am anderen Ende des Beckens. Nur Max hat es beobachtet. Er springt mit einem Satz ins Wasser, taucht zu Leon, fasst mit einer

Hand unter sein Kinn und zieht ihn zum Beckenrand. Dann hebt er Leons Oberkörper aus dem Wasser, klettert hinterher und zieht ihn heraus. Vorsichtig legt er ihn auf den Boden. Nun weiß Max ganz genau, was zu tun ist. Er ruft laut: „Hilfe, hierher, Hilfe!", und legt Leon, ohne zu zögern, in die stabile Seitenlage. Im Nu steht der Bademeister bei ihm, überprüft Leons Atmung und misst seinen Puls. Dann ruft er sofort einen Rettungswagen an.

Pia und ihre Geburtstagsgäste stehen im Kreis um Leon herum. Alle sind stumm vor Schreck. Pias Eltern eilen herbei und sind ganz entsetzt: „Oh nein, wie ist das nur passiert?" Es kommt ihnen wie eine Ewigkeit vor, bis Leon die Augen aufschlägt, sich an den Hinterkopf fasst und fragt: „Was ist los?" Dann sieht er Max und es fällt ihm wieder ein. „Danke, Max, dass du mich gerettet hast", sagt er leise.

Ja, so schnell kann aus einer lustigen Situation ein Notfall werden und ich finde, es war ein großes Glück, dass Max in der Nähe war. Wer weiß, ob Leon sonst noch im Krankenhaus gelandet wäre? Der Arzt vom Rettungswagen hat Leon untersucht und gesagt: „Da hast du noch einmal Glück im Unglück gehabt!" Pias Mutter hat Leon dann nach Hause gebracht.

Als wieder Ruhe eingekehrt ist, klopft der Bademeister Max auf die Schulter und sagt: „Gute Arbeit! Wirklich gute Arbeit!" Da wird Max fast rot, so sehr freut er sich. Doch Pias Geburtstagsgästen ist nun nicht mehr richtig nach Feiern zumute. Sie rutschen zwar noch ein paar Mal und planschen im Wasser herum, aber besonders lustig wird es nicht mehr.

Als alle von ihren Eltern abgeholt werden, steht Pia neben Max und sagt leise: „Sag mal, sollen wir uns mal einfach so zum Schwimmen verabreden?" Max sieht sie an und nickt. „Warum nicht", sagt er mit rauer Stimme und kann sein Glück nicht fassen.

8. Kapitel
*Warum in der Kirschenzeit bei Oma und Opa
Has so viel los ist, wie Emilia Bandenchefin
und Lotta Bandenmaskottchen wird und warum
die Jungs nichts davon wissen dürfen.*

Wenn der Juni zu Ende geht, dann ist im Vorgarten von Oma und Opa Has immer viel los. Denn dort steht ein alter Kirschbaum und der hängt so voller Kirschen, dass die beiden mit dem Pflücken nicht nachkommen. Sie gelangen auch gar nicht mehr an die hohen Äste heran. Denn, stell dir vor, Oma Has hat ihrem Mann verboten auf die Leiter zu klettern. „Ich will dich nicht von Kopf bis Fuß in Gips sehen", sagt sie und droht ihm mit dem Finger. Aber Oma Has lächelt dabei und Opa Has weiß ganz genau, dass seine Frau um ihn besorgt ist.

Wie gut, dass es so viele Kinder in Kleeberg gibt, die alle klettern können. Oma Has sperrt Aika ins Haus, damit sie nicht aus Versehen die Leiter umrennt. Denn, weißt du, Aika ist manch-mal noch sehr ungestüm.

Opa Has hält
die Leiter fest und schon
klettern der Reihe nach
Emilia, Bastian und
zwei der drei Ms mit
großen und kleinen
Eimern in den alten Kirschbaum hinauf. Es gibt so viele aus-
ladende Äste, dass wirklich jeder
einen Platz findet.
Oma Has schlägt die Hände zusammen, als sie die Kinder von
Kleeberg so wild im Kirschbaum
herumklettern sieht. „Passt mir
bloß auf!", ruft sie besorgt
und ein paar Mal hält sie sogar
die Luft an. Dann schüttelt sie den Kopf
und murmelt: „Nein, nein, ich kann es nicht mit
ansehen, das ist zu viel für mein Herz!" Und sie
bringt lieber einen Eimer Kirschen ins Haus. Aber
Opa Has lacht und meint: „Potzblitz, da wird einem
ja schwindelig, wenn man euch klettern sieht."

Dann beginnen alle zu pflücken. Nur Marinus traut sich nicht hinauf. Er lehnt am Stamm und pflückt die Kirschen von einem tief hängenden Ast direkt in seinen Mund. Die sind so süß und ganz saftig. Marinus schluckt das Kirschfleisch herunter, spuckt den Kern aus und schon nimmt er sich die nächste Kirsche. Etwas Kirschsaft läuft ihm übers Kinn und er wischt ihn mit dem Handrücken ab.

Emilia sammelt lauter Zwillingskirschen in ihrem Eimer. Kennst du die? Das sind zwei Kirschen, die an einem gemeinsamen Stiel hängen. Und das Beste daran ist, dass man sie als Ohrringe tragen kann. Und weil es so viele sind, nimmt Emilia sie am nächsten Morgen in ihrer Butterbrotdose mit in die Schule.

In der Pause gibt sie ihrer besten Freundin Lisann und noch zwei anderen Mädchen aus ihrer Klasse von den Kirschohrringen ab. Und wie alle vier da mit den Ohrringen stehen, kommt Emilia eine fantastische Idee. „Hört mal genau zu", sagt sie geheimnisvoll und dann stecken vier Mädchen die Köpfe zusammen.

Wenn du es nicht weitersagst, dann verrate ich dir, was sie sich ausgedacht haben. Sie gründen eine geheime Bande! Dann schellt es leider, aber am Nachmittag treffen sich die vier im Schuppen der Zwillinge. Ein Glück, dass Bastian und Malte heute zum Fußballtraining sind, sonst hätten sie bestimmt versucht die Mädchen zu belauschen.

So hört niemand, was die vier besprechen. Nur Ente Lotta kommt in den Schuppen gewatschelt und da ruft Lisann begeistert: „Lotta kann doch unser Maskottchen sein!"

Weißt du, was ein Maskottchen ist? Das ist so eine Art lebendiger Glücksbringer und so etwas kann man ja immer gebrauchen.

Emilia wird zur Bandenchefin ernannt, weil sie die Idee hatte. Und dann sitzen die vier mit ihren Kirschohrringen da und überlegen, wie die Bande heißen soll. Alex knabbert vor lauter Nachdenken eine Ohrringkirsche an. Plötzlich ruft sie: „Ich hab's! Wir nennen uns die ‚Summer Cherries'*!" Emilia weiß nicht, was das bedeuten soll, und da erklärt Alex, dass es Englisch ist und übersetzt ‚Sommer-Kirschen' heißt. Die vier sehen sich begeistert an und nicken gleichzeitig. Das passt doch gut! Und auf Englisch klingt ‚Summer Cherries' viel geheimnisvoller als auf Deutsch.

Marie kommt noch ein wichtiger Gedanke: „Wir brauchen ein Bandenerkennungszeichen!", meint sie. Ein Bandenerkennungszeichen, das klingt so richtig nach Abenteuer und Aufregung! Emilia nickt: „Ist doch ganz einfach", meint sie, „das sind die Kirschohrringe!"

Alex grübelt: „Aber was machen wir denn, wenn die Kirschenzeit vorbei ist?", will sie wissen. Doch in diesem Moment ruft Emilia: „Pssst! Kein Wort mehr!" Gerade noch rechtzeitig, bevor Bastian, Malte und Marinus die Tür zum Schuppen aufreißen.

Bastian stürmt als Erster hinein, bremst ab und sieht die Mädchen mit ihren Kirschohrringen verdutzt an. Da liegt

77

* sprich: *sammer-tscherries*

doch ein Geheimnis in der Luft, das spürt er gleich. „Nun sagt schon, was geht hier ab!", fordert er. Auch Malte und Marinus wollen wissen, was los ist. Aber die Mädchen schütteln die Köpfe, dass die Kirschohrringe schlackern, und sie sagen einstimmig: „Nichts, wieso?" Schließlich sind sie die ,Summer Cherries', eine geheime Bande, und die verrät sich um nichts auf der Welt.

9. Kapitel
Wie die geheime Bande zuerst ratlos ist, was passiert, nachdem es auf der Feuerstelle Stockbrote gab, weshalb plötzlich wilde Steinzeitmenschen durch Kleeberg rennen und manche Leute keinen Humor haben.

Noch immer hängen Kirschen in Oma und Opa Has' Baum. Oma Has hat inzwischen mehrere Kirschkuchen gebacken, Kirschen eingemacht und noch mehr Kirschen verschenkt. Jedenfalls gibt es für die ‚Summer Cherries' noch reichlich Bandenerkennungszeichen. Willst du wissen, was sie beim letzten Bandentreffen feierlich beschlossen haben? Von nun an werden sie immer ganz hinten im Schulbus in der Viererreihe sitzen. Aber dann meint Alex, dass das doch nicht reicht. Eine Bande muss auch Abenteuer erleben. „Sonst ist das keine richtige Bande!", sagt sie entschieden. Die anderen drei sind ziemlich ratlos. Denn Abenteuer laufen einem ja nicht so einfach über den Weg. Auch Alex weiß nicht, wie sie ein Abenteuer finden sollen. Grübelnd sitzen die ‚Summer Cherries' im Schuppen.

Da wird die Terrassentür aufgerissen und Bastian brüllt in den Garten. „Mama und ich machen Stockbrotteig!"

Bastian trägt eine große blaue Schüssel in den Garten, darin ist der Brotteig. Und extra für dich steht hier Bastians Stockbrot-Rezept:

Bastis weltbestes Stockbrot

500g Mehl, 1 Packung Trockenhefe
2 EL Öl, 1-2 Teelöffel Salz,
250ml Wasser, 6 Stöcke

So wird's gemacht:

Das Mehl in eine Schüssel geben. Trockenhefe, Öl, Salz und die Hälfte des Wassers dazugeben und alles mit dem Knethaken des Mixers durchkneten. Nun das restliche Wasser hinzugeben, wieder durchkneten und dann den Teig ca. 30 Minuten gehen lassen. Dazu ein sauberes Küchenhandtuch über die Schüssel legen. Wenn der Teig anschließend doppelt so groß ist, ist es gut. Jetzt noch einmal durchkneten, dann die Stöcke säubern und den Teig darumwickeln.

Viel Spaß Euer Bastian

Emilia springt auf. ‚Stockbrot‘, wenn sie das hört, bekommt sie gleich gute Laune! Außerdem wird es das erste Stockbrot, das sie in diesem Jahr über der Feuerstelle backen werden. „Los, wir holen Stöcke und Holz fürs Lagerfeuer!“, ruft Emilia und die vier ‚Summer Cherries‘ laufen durch das hintere Gartentörchen an den Waldrand. Wenig später kommen sie schwer beladen in den Garten zurück. Emilia holt eine alte Zeitung, zerknüllt das Papier und schichtet das Holz darüber auf. Da kommen schon die drei Ms, Leonie und sogar Nils zur Feuerstelle gerannt.

Auch die Mutter der Zwillinge und Robert sind inzwischen im Garten. Julia bückt sich, streicht eine Haarsträhne hinters Ohr und zündet das Feuer an. Sie pustet etwas und schon züngeln die Flammen an den Ästen hoch.
Nun verteilt Bastian an jeden eine Kugel Teig. Alle sind sehr beschäftigt den Teig um die Stöcke zu rollen. Robert hilft Leonie und Marinus ein bisschen, dann sind alle so weit. Sie knien oder hocken vor dem Feuer und halten ihre Stöcke über die Flammen. Und wie immer bei einem Lagerfeuer dreht plötzlich der Wind, sodass der Rauch genau in die Richtung pustet, in der man gerade sitzt.

Einige Kinder müssen husten. Leonie wedelt mit dem freien Arm. Vor lauter Rauch kann sie kaum noch ihr Stockbrot sehen. Dabei muss man ganz genau aufpassen, dass der Teig nicht zu dicht an den Flammen ist, sonst wird er schwarz. Und wenn er zu weit von den Flammen entfernt ist, wird er nicht gar. Das merkt Max nach einer Weile. Dann sind die ersten Stockbrote fertig. Die Mutter der Zwillinge sagt: „Klopft mal an euer Brot. Wenn es hohl klingt, dann wisst ihr, dass der Teig gut ist."
Nun knabbern sie vorsichtig das heiße Brot vom Stock und das schmeckt so richtig nach Sommer.

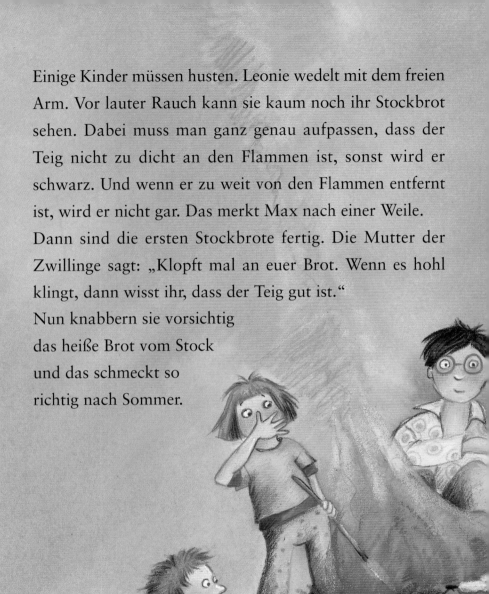

Danach sitzen alle noch um die Feuerstelle herum und erzählen Witze und lauter komische Sachen. Nach einer Weile gehen die Mutter der Zwillinge und Robert ins Haus zurück. Die Flammen sind verloschen und schwarz verkohlte Astreste liegen in der Feuerstelle.

Bastian nimmt vorsichtig ein verkohltes Stück heraus, denn das ist noch etwas heiß. Sofort sind seine Hände schwarz vor Ruß. Er grinst und malt sich mit der Kohle vier schwarze Streifen ins Gesicht. Als Malte das sieht, kommt ihm eine Idee. „Wir verkleiden uns als Steinzeitmenschen und erschrecken die Erwachsenen!", ruft er.

Das klingt nach Abenteuer, findet Alex und sie ist sofort mit von der Partie. Emilia, Lisann und Marie überlegen auch nicht lange. Sie suchen sich verkohlte Holzstücke und malen sich das Gesicht schwarz an.

Malte meint: „Wir halten das so echt wie möglich." Und im Nu hat er sein T-Shirt ausgezogen und reibt sich den Bauch schwarz ein. Bastian macht es ihm sofort nach. Marinus zieht sich auch aus. Was sein Bruder kann, kann er doch schon lange! Danach malt er Malte den Rücken schwarz. Alle anderen bleiben lieber angezogen. Max und Nils machen sich wilde Streifenmuster auf die Arme. Die Mädchen stecken sich kleine Zweige in die Haare. Wenn du die Truppe gesehen hättest, hättest du gestaunt, denn sie sehen schon ziemlich wild und verwegen aus.

Emilia muss lachen, als sie die anderen sieht. Denn so weiß haben ihre Augen und Zähne noch nie ausgesehen. Nils ruft: „Mir nach, über den Waldweg!", und er trabt durch das Gartentor voran. Bastian, Malte und Marinus grölen „Uga-uga", und die Mädchen schnappen sich Stöcke, die sie wie Speere über dem Kopf schwingen. So rennen sie den Waldweg entlang.

„Los, wir erschrecken Kalli!", ruft Max und plötzlich fühlt er sich großartig. Eine Reihe schwarz bemalter Steinzeitmenschen schleicht sich an der Scheune entlang. Die Stalltür steht offen und heraus kommt Kalli mit der Mistkarre. Darauf haben die Steinzeitmenschen nur gewartet. „Uuuuaaaah", brüllen sie, so unheimlich es nur geht, und springen hervor. Kalli zuckt zusammen. Wer hätte das nicht gemacht, wenn man nichts ahnend aus dem Stall kommt, ins Sonnenlicht blinzelt und plötzlich einer wilden schwarz bemalten Gruppe gegenübersteht?

Doch Kalli ruft lässig: „Na, wo seid ihr denn ausgebrochen?" Und bevor die Steinzeitmenschen sichs versehen, brüllt er: „Euch schnapp ich mir, ich habe hier noch eine Box frei!" Kreischend laufen die Kinder durcheinander und Kalli rennt hinter ihnen her, bis sie am Bauernhaus sind.

Lachend bleibt er stehen und schiebt sein Käppi vor und zurück. „Die sticht wirklich der Hafer", sagt er und dann geht er wieder an die Arbeit.

Die Steinzeitmenschen sammeln sich keuchend am Straßenrand. Wohin sollen sie jetzt gehen? Sie wollen ja noch ein paar Erwachsene erschrecken. Da deutet Nils auf die Rückseite der Doppelhäuser. „Kommt, wir pirschen uns von hinten an!", ruft er und läuft schnell zum Feldweg, der hinter seinem Garten entlangführt. Die anderen folgen ihm, so schnell es geht. Denn es fällt ja schon ziemlich auf, wenn eine Gruppe schwarz bemalter Gestalten über die einzige Straße in einem kleinen Dorf läuft.

Bei Nils sitzt nur die Oma im Garten, aber Siegfried rennt sofort mit gesenktem Kopf an den Zaun, als er etwas hört. Keine Chance, hier wacht ein Hängebauchschwein und da

kann man niemanden erschrecken. Aber dafür kommt jetzt das Grundstück von Familie Flüster. Die Steinzeitmenschen ducken sich hinter der Gartenhecke. Im Garten der Flüsters plätschert ein Springbrunnen. Alle Kinder horchen ganz genau, doch sonst hört man kaum etwas. Familie Flüster macht ihrem Namen mal wieder alle Ehre und sitzt flüsternd auf der Terrasse. Aber dann klappert ein Besteck und ein Gartenstuhl wird zurückgeschoben.

Max spürt, wie sein Herz immer schneller klopft. Er deutet auf das hintere Gartentörchen und flüstert: „Auf drei! Alles klar?" Die anderen nicken. Max hebt die Hand und zeigt mit den Fingern die Zahlen an. Eins, zwei, er zögert kurz, dann zeigt er die Drei. Die Steinzeitmenschen springen auf und stürzen mit lautem Gebrüll an das Gartentörchen. Dann geht alles sehr schnell. Frau Flüster, die mit einer Salatschüssel auf die Terrasse kommt, schreit auf und lässt die Schüssel fallen. Ihr Mann kippt mit dem Gartenstuhl nach hinten und die beiden Teenies der Flüsters lachen und lachen und können gar nicht mehr aufhören.

Doch dann rappelt sich Herr Flüster auf und flitzt wie der Blitz zum Gartentor. „Schnell weg!", brüllt Nils noch und die Steinzeitmenschen stürmen in alle Richtungen davon.

Nur Leonie ist nicht schnell genug und Herr Flüster erwischt sie am T-Shirt-Zipfel. „Hab ich dich!", schreit er wütend. „Und ich weiß auch, wer die anderen sind."

Leonie fängt an zu weinen. Die Tränen rinnen über ihre schwarzen Wangen und hinterlassen ein seltsames Muster. Fast wie Zebrastreifen sieht es aus. „Mama", schreit sie, „Mama!"

Das hat die Mutter von Leonie natürlich gehört. Sie rennt über die Straße, während Herr Flüster Leonie am Arm Richtung Bauernhaus zerrt. In der Mitte treffen sie sich. Du kannst dir vorstellen, dass das keine angenehme Unterhaltung wird. Leonies Mutter meint, Herr Flüster solle sich nicht so anstellen, schließlich seien das Kinder und die könnten doch mal ein Späßchen machen. Aber Herr Flüster spricht von ‚Erregung öffentlichen Ärgernisses' und von ‚halbnackten Gestalten, die die Salatschüssel auf dem Gewissen haben'. Ja, für die Salatschüssel kommt wirklich jede Hilfe zu spät und von halbnackten Gestalten gibt es keine Spur mehr.

Der Abend nach dem Steinzeitauftritt wird jedenfalls noch recht lebhaft in Kleeberg, um es mal vorsichtig auszudrücken. Die Mutter der drei Ms fragt entsetzt, wie Malte und Marinus nur in Unterhose umherrennen konnten, und lässt ihnen gleich ein warmes Bad ein. Die Oma von Nils und Oma und Opa Has sagen, wer keine Kinderstreiche gemacht hätte, der hätte auch später keinen Humor und sehen dabei Herrn Flüster auf eine bestimmte Weise an. Die Mutter der Zwillinge verspricht, den Flüsters eine neue Salatschüssel zu besorgen, und dann muss sie sich schnell zu Robert rumdrehen und lacht an seiner Schulter. Tja, so war das nach dem Steinzeitauftritt. Jedenfalls haben Leonies Eltern eine Weile nicht mit Herrn Flüster gesprochen und so etwas hat es in Kleeberg noch nie gegeben.

Doch die ‚Summer Cherries‘ sagen einstimmig: „Das war unser erstes echtes Abenteuer!“ Was ja auch stimmt – obwohl ihre Bande nicht alleine beim Steinzeitauftritt dabei war. Aber daran sieht man mal wieder, dass die besten Sachen passieren, wenn Jungs und Mädchen etwas gemeinsam machen.

10. Kapitel

Warum Emilia und Bastian eine große Neuigkeit als Erste erfahren, weshalb eine Überraschungsparty organisiert wird, Anne zu Tränen gerührt ist und alle Kinder bis nach Mitternacht aufbleiben dürfen.

Nach den langen Sommerferien ist es für die Kinder von Kleeberg nicht so einfach, sich wieder an das Schülerleben mit dem frühen Aufstehen, dem Unterricht und den Hausaufgaben zu gewöhnen. Das kennst du bestimmt auch, oder? Nur Max freut sich richtig, als die Schule wieder beginnt. Ahnst du schon, warum? Genau, so sieht er Pia jeden Tag. Aber das verrate ich nur dir. Wenn Malte das wüsste, würde er wieder seinen Bruder damit ärgern. Es wird September und so langsam verabschiedet sich der Sommer. Man sieht es nicht auf den ersten Blick. Aber das Gras und die Blätter sind nicht mehr so leuchtend grün, es wird wieder früher dunkel und man sieht schon, dass bald die Äpfel gepflückt werden müssen. Und noch jemand verabschiedet sich:

Das sind Anne und Jürgen, die im September in den Urlaub fahren. Sie machen Ferien auf einer Nordseeinsel und dorthin können sie ihre vier Katzen natürlich nicht mitnehmen. So kommt es, dass Emilia zwei Wochen lang die Katzen füttern und versorgen wird.

Bastian beschäftigt etwas ganz anderes: „Bringt ihr mir auch was aus dem Urlaub mit?", fragt er Anne und Jürgen. „Was hättest du denn gerne?", will Anne wissen. Da grinst Bastian und ruft: „Einen Strand!" Und Jürgen meint: „Na, wenn es mehr nicht ist ..." Da stupst Anne ihn an, schmunzelt und meint, sie will mal sehen, was sie machen kann.

Dann fahren sie los und rufen noch aus dem geöffneten Autofenster den Zwillingen zu: „Passt gut auf unsere Stubentiger auf!"

Das macht Emilia wirklich. Ich glaube, Anne und Jürgen könnten sich auch nicht besser um ihre Katzen gekümmert haben. Emilia füttert sie, spielt mit Cleo und Mops, bürstet

Cäsars Fell, bis es knistert, und schmust ausgiebig mit Madame. Bastian hat seinen Wunsch schon längst vergessen, als eines Tages ein dicker Briefumschlag ankommt. Und der ist für niemand anders als für die Zwillinge.

„Emilia, hier ist Post für uns!", brüllt Bastian durchs ganze Haus. Emilia flitzt nach unten und gemeinsam lesen sie, wer da als Absender steht: ‚Anne & Jürgen, zzt. auf der Insel Borkum'. Neugierig reißen die Zwillinge den Brief auf und Bastian rieselt weißer, feiner Sand entgegen. Schnell hält er die Hand auf und fängt ihn darin auf. „Jetzt hab ich ein bisschen echten Strand!", ruft er begeistert.

Doch Emilia findet es viel interessanter, was auf dem Briefbogen geschrieben steht:

Liebe Emilia, lieber Bastian,
hier kommt ein bisschen Strand
für dich, Bastian, mehr konnten
wir leider nicht mitsenden.
Mitten auf der Insel steht ein
alter Leuchtturm und ratet mal,
was wir da morgen machen werden?
Es ist noch ein Geheimnis.
Wir heiraten dort oben auf dem
Leuchtturm, ist das nicht schön?!
Ich bin richtig aufgeregt, wenn ich
daran denke, aber Jürgen sagt,
das wäre Quatsch.
Und am Samstagabend kommen
wir schon wieder nach Hause.
Bis bald,
Anne & Jürgen ♥

Emilia ruft: „Das ist ja was! Eine geheime Hochzeit im Leuchtturm!" Bastian nickt. Dann grübelt er und fragt: „Findest du nicht, dass es eine richtige Feier geben muss, wenn man geheiratet hat?" Emilia sieht ihren Bruder verblüfft an. „Du hast ja so recht!", ruft sie aufgeregt. „Weißt du was, wir organisieren eine Überraschungsparty für Anne und Jürgen."

Und damit fangen die Zwillinge auch sofort an. Innerhalb einer Stunde wissen alle Nachbarn aus Kleeberg Bescheid. Und alle freuen sich für Anne und Jürgen. Kalli erfährt die große Neuigkeit, als er gerade aus der Scheune kommt. Er schiebt sein rotes Käppi vor und zurück und meint grinsend: „Na, da hat es ja mal wieder einen Junggesellen erwischt", woraufhin Leonies Mutter ihm einen Stups versetzt.

Leonie findet das alles sehr aufregend. Ob Anne wohl im langen weißen Kleid auf den Leuchtturm gestiegen ist? Ob sie wohl so schön ausgesehen hat wie eine Prinzessin? Doch niemand weiß das, denn niemand war dabei.

Dann stehen die Erwachsenen zusammen und reden davon, wie lange Anne und Jürgen sich schon kennen, und finden kein Ende. Die Kinder von Kleeberg sehen sich an und verdrehen die Augen. Wie lange soll dieses Gequatsche noch dauern? Dann stellen sich die Zwillinge, Nils, Leonie und die drei Ms in die Mitte und fragen: „Und was wird nun mit der Überraschungsparty?"

„Richtig, richtig!", rufen die Erwachsenen und schon schwirren viele Ideen durch die Luft. Da ist die Rede von einer Mitternachtssuppe, von einer Hochzeitszeitung, von einer Blumengirlande um die Haustür und einer Flasche Sekt, die in Annes und Jürgens Haus bereitstehen soll. Die allerschönste Idee hat Oma Has: „Wir sollten dem frisch gebackenen Brautpaar mit vielen, vielen Teelichtern den Weg ins traute Heim leuchten." Ja, die Idee ist wunderschön, aber man merkt, dass Oma Has schon älter ist, sie benutzt manchmal etwas komische Wörter.

Bis zur letzten Minute wird in fast allen Häusern von Kleeberg etwas vorbereitet. Emilia stöhnt und meint: „Die Zeit scheint stillzustehen. Wann kommt endlich der Samstagabend?" Nils und Kalli arbeiten in Kallis Werkstatt. Sie sägen ein großes Holzschild aus und brennen sogar ‚Hoch lebe das Brautpaar' hinein. Die Oma von Nils saust nicht auf ihrem roten Motorroller umher, sondern sie übt den Hochzeitsmarsch auf ihrem Akkordeon. Malte entdeckt noch ein paar Knaller im Keller, die er zu Ehren des Brautpaares anzünden will. Aber anscheinend hat seine Mutter etwas geahnt, denn dieses Mal erwischt sie Malte dabei.

Ja, und dann endlich, dann wird es Samstagabend.

Es ist wirklich zu schade, dass du an diesem Abend nicht in Kleeberg vorbeigekommen bist. Alle Kinder sind sehr beschäftigt. Nils und Max schleppen gleich sechs Kisten mit alten Einmachgläsern aus Oma Has' Keller. Auf der Straße setzen Leonie und Marinus in jedes Einmachglas ein Teelicht. Die Zwillinge und Malte laden die Gläser in zwei Schubkarren, fahren damit bis zum Anfang der Straße von Kleeberg und stellen sie am Straßenrand auf.

Als es dunkel wird, steht an jeder Straßenseite eine lange Reihe von Windlichtern. Malte und Bastian gehen mit Feuerzeugen von Glas zu Glas und zünden die Kerzen an. Als auch die letzte Kerze leuchtet, drehen sie sich um und sagen wie aus einem Mund: „Booohr!" Die langen Reihen Teelichter sehen fast aus wie die Landebahn für ein Flugzeug,

sie führen den Hügel hinunter und auf der anderen Seite wieder hinauf. Bis vor Annes und Jürgens Haus.

Das Haus sieht auch ganz festlich aus. Um die Haustür hängt nun eine Blumengirlande und am Vordach schwingt das Holzschild leicht im Wind. Nur von den vier Katzen ist weit und breit nichts zu sehen, sie mögen einfach nicht so einen Trubel. Aber die Kinder aus Kleeberg flitzen hierhin und dorthin und lauern darauf, dass ein ganz bestimmtes Auto in die einzige Straße von Kleeberg einbiegt.

Um kurz vor zehn Uhr ist es so weit. „Sie kommen, sie kommen!", schallt es durch das Dorf. Emilia hopst auf und ab, so aufgeregt ist sie. Leonie fragt: „Hat Anne jetzt ein langes weißes Kleid an?", und die Oma von Nils schnappt sich schnell ihr Akkordeon. Jürgen hält mit dem Auto an, aber er bleibt noch eine Weile am Steuer sitzen und blickt verwundert auf den Trubel vor ihrem Haus. Dann steigen Anne und Jürgen aus. Nils' Oma greift in die Tasten und schon ertönt der Hochzeitsmarsch.

Anne fasst schnell nach Jürgens Hand, mit der anderen muss sie die Tränen wegwischen, die ihr über die Wangen laufen. Fast automatisch schreiten Anne und Jürgen im Takt der Musik. Dann ist das Lied zu Ende und die beiden stehen vor ihrer geschmückten Haustür. Nun wirft Kalli sein rotes Käppi in die Luft und ruft: „Das Brautpaar lebe hoch! Es lebe hoch! Es lebe hoch!" Alle Nachbarn stimmen ein und die Kinder werfen mit Konfetti.

Jürgen muss sich räuspern und dann sagt er: „Mensch, Leute ..." Er stockt und fügt rau hinzu: „... ihr seid ja verrückt." Wobei du wissen musst, dass Jürgen das nur sagt, weil er sonst auch angefangen hätte zu weinen.

Später kommt Anne zu Bastian und Emilia, drückt die Zwillinge an sich und flüstert: „Danke für den schönsten Abend in meinem Leben."

Für die Kinder ist es auch ein schöner Abend. Sie dürfen viel länger aufbleiben als sonst. Eigentlich könnten ruhig öfter so Hochzeiten sein, denkt Bastian. Immerhin ist es schon stockfinster und er rennt noch draußen herum.

Bis spät in die Nacht lachen alle und erzählen. Um Mitternacht gibt es die Mitternachtssuppe und irgendwann wird es dann allen zu kalt. Bevor die drei Ms nach Hause gehen, führen Malte und Marinus noch ein kleines Tänzchen auf und singen: „Ha, ha, ha, was seh' ich da, ein verliebtes Ehepaar. Noch ein Kuss, dann ist Schluss, weil die Braut nach Hause muss." Da lacht Anne und sagt, dass sie es ja nicht mehr weit hat.

Allmählich wird es still in Kleeberg und dann liegen alle Häuser dunkel da. Nur die Straßenlaternen leuchten und unzählige Sterne stehen am Himmel. Und stell dir vor, am nächsten Morgen erinnern noch einige brennende Teelichter an eine ganz besondere Überraschungsparty.

11. Kapitel
Warum Malte und Bastian im Schuppen sehr beschäftigt sind, es dort auf einmal eine Räuberfalle, aber keinen Räuber gibt, was Erfinderpech ist und wie zwei nasse Gestalten nach Hause rennen.

Dann wird es Herbst in Kleeberg und es regnet oft. Der Wind pfeift durch die Bäume und durch die einzige Straße. Bei Emilia und Bastian muss man schnell die Haustür öffnen und noch schneller wieder schließen, sonst wehen alle abgefallenen Blätter von den Weinranken ins Haus hinein. Auf dem Rasen und in den Beeten liegt überall braunes, rotes und gelbes Laub. Und erst letztens haben Leonie und Emilia einen Igel gesehen, der sich hinter dem Holzschuppen ein Winterversteck gesucht hat.

Aber nicht nur der Igel sucht sich ein Versteck. Malte und Bastian spielen bei diesem ungemütlichen Herbstwetter besonders gern im Schuppen. Dort hängen Spaten, Rechen, Besen und viele andere Gartengeräte und Werkzeuge an den Wänden. Außerdem stehen da noch der Rasenmäher, die Fahrräder, Bastians geliebtes Kettcar und so einiges mehr herum.

Aber stell dir vor, trotzdem ist da noch genug Platz, sodass man herrlich im Schuppen spielen kann.

An diesem Nachmittag im Herbst, von dem ich dir erzählen will, verschwinden Bastian und Malte nach den Hausaufgaben wieder sofort im Schuppen. Dort ist es besonders gemütlich, wenn es draußen regnet und der Wind am Dach rüttelt. Emilia läuft mit trockenem Brot in der Hand zu Sternchen. Und die Mutter der Zwillinge setzt sich an ihren Computer, um einen wichtigen und eiligen Artikel für die Zeitung zu Ende zu schreiben.

Dann hört man es im Schuppen nur noch rumoren. Die Mutter der Zwillinge bemerkt das alles nicht, denn sie sitzt ja am Computer. Aber du ahnst es schon, oder? Malte hat mal wieder eine seiner Ideen: „Bastian, was du brauchst, ist eine Räuberfalle", sagt er und deutet auf Rasenmäher und Kettcar. „Sonst kommst du eines Tages in den Schuppen und dein Kettcar ist geklaut!" Bastian ist sofort alarmiert. Wer wäre das nicht, wenn sein geliebtes Kettcar in Gefahr ist? Und man hört doch immer, dass überall so viel eingebrochen wird.

Besorgt blickt Bastian sich um. Ja, die Schuppentür kann man leicht öffnen und die Einzige, die das überhaupt hören

würde, ist Ente Lotta, die nachts in ihrer Kiste im Schuppen schläft. Die Räuber könnten vom Waldrand durch das hintere Gartentörchen kommen, denkt Bastian beunruhigt, und auch dorthin wieder mit dem Diebesgut verschwinden. Im Haus würde man davon gar nichts bemerken. „Aber was können wir denn nur gegen Räuber machen?", fragt Bastian ratlos.

Malte sieht ihn triumphierend an: „Wir bauen eine Räuberfalle!", ruft er. Das klingt gut, findet Bastian. Bei der Vorstellung, dass ein gemeiner Räuber in ihre Falle tappt, müssen beide aufgeregt kichern. Aber dann machen sie sich an die Arbeit. Nach einer Weile sieht man Malte mit dem Eimer zum Teich rennen und Wasser holen. Was will er bloß damit? Kurz darauf hört man, wie die Leiter über den Schuppenboden schrappt und schließlich wird noch kräftig gehämmert.

Es ist fast vier Uhr, da ist es so weit. Die erste Räuberfalle von Kleeberg ist fertig. Oberhalb der Schuppentür hängt an einem Hanfseil ein Eimer, der randvoll mit Wasser gefüllt ist. Das Seil läuft durch eine Öse am Deckenbalken und ist mit der Türklinke verbunden. Wer auch immer die Tür von außen öffnet und in den Schuppen tritt, der wird eine kalte Dusche bekommen. Und damit nicht genug: In der Mitte des Schuppens sind mehrere Schnüre gespannt, die jeden Räuber zu Fall bringen sollen. Du musst zugeben, Malte und Bastian haben sich etwas einfallen lassen.

Die beiden Jungs sind sehr zufrieden. Jetzt müssen sie nur noch auf einen Räuber warten. Aber dann kommt alles ganz anders. Denn Emilia rennt in den Garten und ruft laut: „Kommt schnell, bei Kalli werden neue Schweine gebracht!" Und das interessiert Bastian und Malte sehr. Sie springen auf und machen einen Schritt nach vorne. Ehrlich gesagt, ich weiß nicht genau, ob es Bastian oder Malte ist, jedenfalls einer von beiden stolpert über die Schnüre, stürzt und bekommt im Fallen nur noch die Türklinke zu fassen. Ja, und schon setzen sie die Räuberfalle in Gang! Der Eimer kippt um und ehe Bastian und Malte sichs versehen, sind sie patschnass. Beide schnappen nach Luft, denn an so einem Herbsttag ist eine kalte Dusche schon ein ziemlicher Schreck. Ich glaube, du hättest nicht mehr aufgehört zu lachen, wenn du die beiden gesehen hättest. Denn Malte hat sogar noch ein paar Algen aus dem Teich in den Haaren und Bastian sieht aus wie ein begossener Pudel.

Schnell laufen sie über den Gartenweg, jeder zu sich nach Hause. Malte ruft noch: „Das war echt Erfinderpech!", und Bastian nickt. Jetzt wissen sie zumindest, dass die Räuberfalle funktioniert. Und ich glaube, viele Erfinder haben ihre Erfindungen zuerst selbst getestet. Wer weiß, vielleicht steht die Räuberfalle von Bastian und Malte auch einmal in einem dicken Buch. Und dann weißt du, dass du als Erstes davon gehört hast!

12. Kapitel

Weshalb Malte „Schnee-Alarm" schreit, morgens die Feuerwehr den Schulhof absperrt, wieso die Polizei Durchsagen per Lautsprecher macht und warum der Sankt-Martins-Zug fast abgesagt werden muss.

Hast du schon einmal erlebt, dass du morgens die Vorhänge aufziehst und denkst, du blickst auf eine andere Welt? So geht es Bastian, als er an einem Novembermorgen aus seinem kleinen Dachfenster schaut. Im Schein der Straßenlaternen liegt alles unter einer dicken weißen Schneeschicht begraben. „Emilia, sieh dir das an!", jubelt Bastian begeistert von oben aus seinem Dachzimmer. Während seine Schwester ein Stockwerk tiefer in ihrem Zimmer die Vorhänge aufzieht, rutscht Bastian schon schnell an seinem Tau hinunter und landet mit Schwung im Flur.

Auch die Mutter der Zwillinge staunt nicht schlecht. Mit der Zahnbürste in der Hand schaut sie ungläubig aus dem Badezimmerfenster auf die Straße. Denn ihr Auto sieht nun fast wie ein kleines Iglu aus, so dick liegt der Schnee darauf. So viel Schnee im November, wann hat es das je gegeben? Selten sind die Zwillinge so schnell fertig wie heute. Kein

Wunder, du hättest dich sicherlich auch beeilt, wenn der erste Schnee des Jahres lockt, oder? Sie holen ihre dicken Schneehosen ganz hinten aus den Kleiderschränken heraus und schlüpfen hinein. Dann geht es die Treppe hinunter, wo sie sich ihren Schal um den Hals wickeln, Mützen aufsetzen und Jacken und Handschuhe anziehen. „Mama, wir sind schon mal draußen!", rufen die beiden und stürzen in den Schnee hinaus.

Knirschend stapfen sie über den verschneiten Gartenweg zur Straße. Bastian dreht sich um und meint versonnen: „Schau mal, wir hinterlassen Fußspuren wie auf einer einsamen Insel."

Emilia nickt.

Heute früh ist noch kein einziges Auto über die Straße gefahren, das sieht man sofort. Alles ist ganz seltsam still. Nicht einmal ein Hahn kräht. Auch Bastian lauscht: „Horch mal!", sagt er und stupst seine Schwester an. „Alles hört sich ganz anders an."

Emilia zögert, dann nickt sie. „Irgendwie klingt es so still, als wären wir ganz alleine auf der Welt", sagt sie.

Dann bücken sie sich und fangen an zwei Schneekugeln zu rollen. Der Schnee ist genau richtig und pappt, doch plötzlich schrecken die Zwillinge zusammen. Hoch über ihnen knackt etwas und ächzt. Plötzlich sehen sie, wie ein dicker Ast von Oma und Opa Has' Kirschbaum abknickt und herabstürzt. Zum Glück fällt er nur ins Blumenbeet, aber Emilia zeigt darauf und sagt sprachlos: „Das ist ja richtig gefährlich!"

Das sagt auch kurz darauf ihre Mutter, als sie dick vermummelt nach draußen stapft.

Nun kommen auf der anderen Straßenseite die drei Ms mit ihrer Mutter aus dem Haus. „Wer weiß, ob es der Schulbus überhaupt bis Kleeberg schafft?", ruft Malte. Er fühlt eine wilde Hoffnung auf einen Tag schulfrei. Das ist im letzten

Winter nämlich schon mal passiert. Selbst Max ruft: „Au ja, schneefrei!", und schon fliegt ein Schneeball zu den Zwillingen herüber. Die feuern zurück! Marinus geht hinter seiner Mutter in Deckung und schon ist die schönste Schneeballschlacht im Gang. Nur die Mütter stören, denn sie wollen, dass alle nun zur Bushaltestelle gehen.

Als sie an der Hauptstraße ankommen, war schon der Schneepflug da. „So was aber auch", murren Malte, Max, Bastian und Emilia enttäuscht. Da saust Nils zur Bushaltestelle. Wie immer auf den letzten Drücker! Weiße Atemwolken kommen aus seinem Mund und keuchend ruft er: „Ich hab's gerade im Radio gehört. Die Polizei warnt davor, auf Waldwegen zu gehen oder unter Bäumen zu stehen!"

Es kribbelt in Maltes Bauch, als er das hört. „Achtung, Schnee-Alarm!", schreit er ausgelassen. Aber die Zwillinge können diese Warnung gut verstehen, immerhin haben sie eben miterlebt, wie ein dicker Ast abgebrochen ist.

Was wäre, wenn einem so etwas auf den Kopf fällt?, überlegt Emilia.

Auch Max hat weitergedacht:
„Aber was ist heute Abend mit
dem Sankt-Martins-Zug der
Grundschule?", fragt er.
Denn der führt an einem
Waldstück entlang und
dort sind viele alte

Bäume, deren Zweige unter der Schneelast abbrechen könnten. Nun stehen alle ratlos da.

Schon kommt der Schulbus, quietschend öffnen sich die Türen und als Emilia, Bastian, Marinus und Malte wenig später an der Grundschule aussteigen, steht ein kleines Feuerwehrauto vor dem Schulhof. Zwei Feuerwehrmänner spannen rot-weißes Absperrband, sodass der Schulhofbereich mit der alten Buche abgetrennt wird. Alle Schulkinder rennen aufgeregt durcheinander. „Wann hat es jemals so viel Schnee im November gegeben?", rufen sie. „Was wird aus dem Sankt-Martins-Zug?", fragen sie sich und „Ob es wohl schneefrei geben wird?"

Ich glaube, die Rektorin ahnt, was in den Köpfen der Schülerinnen und Schüler vorgeht und dass niemand arbeiten oder lernen kann, wenn man über solch wichtige Fragen grübeln muss. Gleich zu Beginn der ersten Stunde macht sie eine Ansage an alle Klassen über den Lautsprecher. Sie sagt, dass der Sankt-Martins-Zug stattfinden wird und ein sicherer Weg durch die Ortschaft ausgesucht werde. Ein Jubel geht durch die Schule. Dann warnt sie noch: „Bleibt in der Pause unbedingt hinter der Absperrung und geht auf dem Nachhauseweg keinesfalls unter Bäumen her!"

Kaum hat die Rektorin ihre Ansage beendet, gibt es eine neue Lautsprecherdurchsage. Die kommt aber von der Straße. Und stell dir vor, draußen fährt langsam ein Polizeiauto vorbei. „Achtung, Achtung, hier spricht die Polizei!", hört man. Im Nu sind alle Kinder – und die Lehrerinnen auch – an den Fenstern und schauen nach draußen. Sie hören, wie die Polizisten per Lautsprecher vor abbrechenden Ästen warnen.

Bastian bekommt richtig rote Wangen vor Aufregung. Der erste Schnee-Alarm meines Lebens, denkt er. Am liebsten hätte er auch so einen Lautsprecher, mit dem er alle warnen könnte. Er sieht sich schon durch die ganze Stadt flitzen und „Schnee-Alarm, Schnee-Alarm, bleiben Sie in ihren Häusern" durch den Lautsprecher rufen.

Ja, und an diesem Schneetag bekommen alle Schulkinder eine ganz besondere Hausaufgabe. Du kommst nie darauf, was das ist. Sie lautet: „Schlittenfahren, Schneemann bauen und im Schnee toben!" Das stimmt wirklich, ich habe es selbst gehört. Nun rennen die Schulkinder johlend nach Hause. So gerne und so lange wie heute werden die Hausaufgaben sonst wohl kaum gemacht.

Als es dunkel wird, geht es mit den Laternen zum Sankt-Martins-Zug. Auf dem Schulhof, der ja nun wegen der Absperrung ein ganzes Stück kleiner ist, herrscht so ein Gewimmel, dass ich gar nicht mehr sehen kann, wo die Kleeberg-Kinder sind. Aber ich bin mir sicher, dass

Emilia in der Nähe vom Martinspferd steht. Das trippelt nervös auf der Stelle hin und her und der Sankt Martin klopft ihm beruhigend den Hals.

Dann kommt die Kapelle und das erste Sankt-Martins-Lied wird angestimmt. Klasse für Klasse ziehen die Kinder singend hinter dem Sankt Martin durch die dunklen Straßen und ganz zum Schluss kommen die Eltern mit den jüngeren Geschwistern.

Ich bin auf dem einsamen Schulhof geblieben und habe den Zug davonziehen sehen. Von Weitem sah es wunderschön aus, wie ein langer Fluss aus bunten Lichtern. Durch die klare, kalte Luft erklang noch die Strophe „Sankt Martin ritt durch Schnee und Wind", und da musste ich schmunzeln, denn so gut wie heute hat das mit dem Schnee selten zuvor gepasst.

Wer ganz genau hinhört, bemerkt, dass einige Kinder das alte Sankt-Martins-Lied etwas anders singen. An der Stelle mit den Lumpen des armen Bettlers singen sie: „... hat Kleider an, wie Supermann ..." Aber du weißt ja jetzt, wie es richtig geht!

Später gibt es noch ein Sankt-Martins-Feuer auf dem Schulhof, warmen Kakao und Weckmänner für die Kinder und Glühwein für die Eltern. Das Holz brennt lichterloh, Funken sprühen in den dunklen Himmel und ein bisschen wärmt das Feuer auch an diesem Winterabend.

Aber weißt du, man bekommt ziemlich schnell kalte Füße, wenn man so im Schnee auf einem Schulhof steht. Darum bin ich bald wieder nach Kleeberg zurückgefahren. Und als ich in die einzige Straße von Kleeberg einbog, die wenigen Häuser mit ihren schneebedeckten Dächern, einige erleuchtete Fenster und im Mondschein hinter der Ponyweide den dunklen Wald sah, da dachte ich, dass es ein großes Glück ist, hier zu wohnen.

Auf geht's zur Futtertour in die Natur

Marius: Was man bei einer Tour durch die Natur so alles Essbare entdecken kann – köstlich!

Malte: Aber Vorsicht bei Früchten, die zwar köstlich aussehen, die du aber nicht kennst! Denn es gibt giftige Pflanzen bei uns, von denen dir sehr schlecht würde! Iss in der Natur also wirklich nur das, was du ganz sicher kennst.

Emilia: Du solltest auch nie Früchte und Kräuter direkt am Acker- oder Straßenrand sammeln. Du siehst es nicht, aber oft sind sie mit Schädlingsbekämpfungsmitteln, Schwermetallen (durch den Abrieb der Straßenteerdecke und Autoreifen) und/oder Abgasen belastet.

Max: Unbedingt gilt: IMMER ALLES GUT WASCHEN! Früchte und Kräuter können Schädlinge tragen, die dich krank machen. Sehr gefährlich sind die Eier des Fuchsbandwurmes, die sich nicht einmal abwaschen lassen. Sind ihre Finnen (Larven) in deinem Magen und Darm, beschädigen sie vor allem deine Leber und Lunge. Durchs Kochen werden die Bandwurmeier vernichtet, durchs Einfrieren nicht.

Bastian: Ist dir schon aufgefallen, dass Obst, Gemüse, Salat und Kräuter zu bestimmten Jahreszeiten wachsen? Unser Ernte-Kalender verrät dir, wann genau! Aber denk nicht, dass sie nach exaktem Zeitplan läuft. Sie wird nämlich vom Wetter bestimmt (war es im Winter lange kalt, ist die Ernte später).

Jan.: Wachstumspause
Febr.: Wachstumspause
März: Wachstumspause
April: Rhabarber.
Mai: Erdbeeren, Rhabarber.
Juni: Erdbeeren, Kirschen, Rhabarber, die meisten Blattsalate.
Juli: Erdbeeren, Brombeeren, Kirschen, Gurken, Kartoffeln, Möhren, die meisten Blattsalate.
Aug.: Erdbeeren, Brombeeren, Äpfel, Zwetschgen, Gurken, Tomaten, Kartoffeln, Möhren, die meisten Blattsalate.
Sept.: Brombeeren, Birnen, Äpfel, Zwetschgen, Haselnüsse, Gurken, Zuckermais, Tomaten, Kartoffeln, Möhren, die meisten Blattsalate, Walnüsse, Weißkohl.
Okt.: Brombeeren, Birnen, Äpfel, Walnüsse, Haselnüsse, Zuckermais, Tomaten, Kartoffeln, Möhren, die meisten Blattsalate, Feldsalat, Weißkohl.
Nov.: Walnüsse, Feldsalat, Rosenkohl, Weißkohl.
Dez.: Feldsalat, Rosenkohl, Weißkohl.

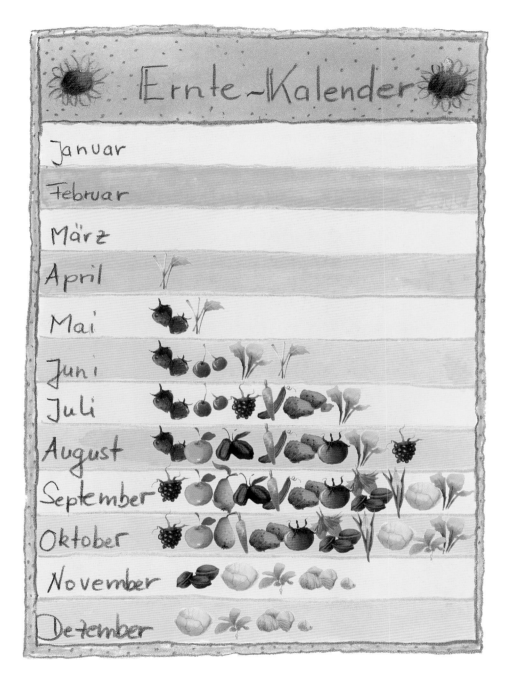

Ernte-Kalender

Januar

Februar

März

April

Mai

Juni

Juli

August

September

Oktober

November

Dezember

Malte: Schau mal: In den Steckbriefen steht, wie und wo du Essbares in der Natur findest und wie du es zubereiten kannst!

Gesucht wird:
Die Walderdbeere

So sieht sie aus: wie eine „normale" Gartenerdbeere, nur kleiner.
Hier findest du sie: im Wald, auf Lichtungen.
Zubereitung: Frisch geerntet schmecken die Beeren super. Oder als Tee: Dazu Blätter zur Blütezeit im Mai/Juni sammeln und (frisch oder getrocknet) mit kochendem Wasser übergießen. (Aber davon nicht zu viel trinken, sonst kriegst du Verstopfung!)

Gesucht wird:
Die Brombeere

So sieht sie aus: wild wuchernde Hecke (wächst wie Unkraut) mit dunkellilafarbenen bis schwarzen Beeren.
Hier findest du sie: an sonnigen bis halbschattigen Standorten in Wäldern, an Feldrainen, auf Brachflächen und in Hecken.
Zubereitung: Frische Beeren sind lecker und sehr vitaminhaltig, lassen sich zu Marmelade, Gelee, Saft oder Kompott einmachen.

Gesucht wird:
Die Haselnuss

So sieht sie aus: hat pelzige hellgrüne Blätter.

Hier findest du sie: wächst an Bäumen und Sträuchern, vor allem an Waldrändern, mag es sonnig bis halbschattig.
Zubereitung: schmeckt lecker in (Obst-)Salaten oder als kleine Zwischenmahlzeit und ist sehr gesund: enthält viele gesunde Fette, Calcium und Vitamine.

Gesucht wird:
Die Hagebutte

So sieht sie aus: In Hecken mit weiß-gelben oder rosafarbenen Rosenblüten wächst die rote Frucht der Hundsrose.
Hier findest du sie: an sonnigen Stellen.
Zubereitung: Ernte Hagebutten-Früchte nach dem ersten Frost, dann sind sie weich, süß und sehr Vitamin-C-haltig. Du kannst sie roh essen, musst aber erst die Frucht längs aufschneiden und die hellen Kerne entfernen. Schmeckt auch als Marmelade oder als Tee (aus getrockneten Hagebutten).

Gesucht wird:
Die Walnuss

So sieht sie aus: Die Nuss steckt in einer kugelrunden, hellgrünen gesprenkelten Schale. Ist die Walnuss reif, springt die Schale auf. Pellst du viele Walnussschalen ab, sind deine Finger nachher garantiert grün-braun gefärbt – und werden ein paar Tage so bleiben!
Zubereitung: Walnüsse schmecken pur oder gehackt in Salaten, in selbst gebackenem Brot und sind sehr gesund!

Leonie: Achte bei einem Spaziergang mal darauf, ob du wilde Obstbäume (Kirschen, Äpfel, Birnen, Pflaumen) entdeckst, in denen du klettern und naschen kannst!

Gesucht wird:
Die Pfefferminze

So sieht sie aus: Die Blätter sind lang und eiförmig und haben gezackte Ränder.
Hier findest du sie: wächst meist im Halbschatten, auf nährstoffreichen Böden, z. B. an Gewässern.
Zubereitung: schmeckt frisch in Salaten oder Soßen, getrocknet als Tee.

Marinus: Hast du dich (auch) schon mal an einer Brennnessel verbrannt? Aber ohne sie gäbe es einige Schmetterlingsarten nicht, denn manche Raupen finden nur hier ihr Futter. Du kannst auch Brennnesseln essen. Probier es aus: Sie schmecken gekocht fast wie Spinat. Zieh Handschuhe zum Ernten und Zubereiten an.

Gesucht wird:
Die Brennnessel

So sieht sie aus:
Stängel und Oberseite der Blätter sind mit Haaren besetzt, die nach einer Berührung ein Brennen auf der Haut verursachen.
Hier findest du sie: an Wegesrändern, Hecken und Waldsäumen, überall, wo nährstoffreiche Böden vorhanden sind.
Zubereitung: wie Spinat gekocht. Brennnesseln sind sehr gesund, enthalten Vitamine und Mineralien. Getrocknete Blätter als Tee.

Gesucht wird:
Die Knoblauchrauke

So sieht sie aus: hat gezackte hellgrüne Blätter und kleine weiße Blüten.
Hier findest du sie: an Wegesrändern.
Zubereitung: lässt sich wie Knoblauch als Gewürz verwenden.
Echt erstaunlich: Diese Pflanze wird schon im Frühjahr gesammelt.

Gesucht wird:
Der Löwenzahn

So sieht er aus: Du erkennst die dicken gelben Löwenzahnblumen schon von Weitem. Die Löwenzahnblätter sind gezackt.
Hier findest du sie: auf sonnigen Wiesen; am besten im Frühjahr ernten, wenn die Blätter noch jung sind.
Zubereitung: als Salat.

Gesucht werden:
Die Gänseblümchen

So sehen sie aus: hat weiße oder rosa Blütenblätter.
Hier findest du sie: auf allen Wiesen.
Zubereitung: die „Köpfe" als Garnitur auf Salaten.

Mein Dank gilt der Landschaftsökologin Corinna Heidemann

Annette Langen

1967 geboren, hatte das Glück, in einer Buchhändlerfamilie mit unzähligen
Büchern aufzuwachsen. Die gelernte Buchhändlerin arbeitete viele Jahre als
Verlagslektorin und schrieb nebenher, ihr erstes Kinderbuch erschien 1989.
Ihr bekanntestes Buch ist „Briefe von Felix", das bislang in 25 Sprachen
und in Blindenschrift erschienen sind. Seit 2000 – viele Bücher und zwei
Kinder später – arbeitet sie ausschließlich als Autorin. Oft geben ihre Kinder,
Isabel und Benja, Impulse und Ideen, vieles aus ihren Büchern ist nicht
erfunden, sondern so oder so ähnlich passiert. Ähnlich wie „Die Kinder von
Kleeberg" lebt auch die Autorin mit ihrer Familie auf dem Land.

Betina Gotzen-Beek

lebt mit Mann, Baby Sam, Katz und Maus in Freiburg. Nach ihrem Malerei-
und Grafik-Design-Studium 1996 begann sie Kinderbücher zu illustrieren
und bringt seitdem viel Witz in die Kinderbuchlandschaft. Besonders viel
Spaß macht ihr „Kleeberg", mit dem Drunter und Drüber der ländlichen
Idylle. Im Jahr 2006 erhielt sie den Kinderbuchpreis der deutschen Land-
wirtschaft für „Lea Wirbelwind auf dem Bauernhof".

— Von kleinen und großen Abenteuern... —

Annette Langen

Kükenalarm in Kleeberg

Nicht viele Leute kennen Kleeberg, dabei ist
es nirgendwo so schön wie in dem kleinen
Dorf auf dem Hügel. Da sind sich die Kinder,
die dort wohnen, einig. Schließlich sorgen
Leonie, Fabian, die Zwillinge Emilia und
Bastian, die drei „Ms" Max, Malte und Marinus
und Nils auch dafür, dass immer etwas los ist.
Und wenn sie nicht gerade beim Stallausmisten
oder bei der Kartoffelernte helfen, bauen sie
einen Staudamm oder kümmern sich um die
vielen Tiere. Denn auch Hängebauchschwein
Siegfried, Papagei Otto, Pony Pünktchen, Robin
Hood und die anderen tierischen Bewohner
brauchen Aufmerksamkeit ...

128 Seiten, mit vielen farbigen Illustrationen
ISBN 978-3-8157-3734-7

Annette Langen

Wilde Wetten in Kleeberg

Nirgendwo ist es so schön wie in Kleeberg, dem kleinen Dorf auf dem Hügel.
Da sind sich die vielen Kinder, die dort wohnen, einig. Schließlich sorgen sie
auch dafür, dass hier immer etwas los ist: Am Ortseingang baumelt ein
Schild, auf dem steht, dass Emilias Bruder Bastian zu verkaufen ist. Leonies
Vater stapft nachts im Bademantel zum Forellenteich und Hängebauch-
schwein Siegfried fährt in Onkel Roberts Cabrio mit. Die Kinder dürfen im
Wohnwagen übernachten und bauen eine tolle Baumbude. Langweilig wird
es ihnen also bestimmt nicht!

120 Seiten, mit vielen farbigen Illustrationen
ISBN 978-3-8157-3735-4

COPPENRATH

Annette Langen

Hitzefrei in Kleeberg

Im Sommer ist es besonders schön in Kleeberg. Klar, dass sich die Kinder, die dort wohnen, auf die Ferien freuen! Wie könnte es auch langweilig werden? Das Freibad lockt, ein rücksichtsloser Raser muss gebremst werden und Kalli braucht wegen Regenalarms blitzschnelle Hilfe bei der Heuernte. Dann ist da noch das Rätsel um die platten Autoreifen und nicht zu vergessen das Liebesabenteuer von Nils' Hund Beethoven und der neuen Hündin von Oma und Opa Has. Neun Wochen später bestaunen alle die putzmunteren Folgen ...

120 Seiten, mit vielen farbigen Illustrationen
ISBN 978-3-8157-4093-4

COPPENRATH

Leonies Papa

Leonies Mama

Oma Has

Opa Has

Emilias und Bastians Mama

Jürgen

Anne